Fiches BAC

Tle générale

NOUVEAU BAC

NSI

SPÉCIALITÉ

Guillaume Connan

Professeur agrégé de mathématiques
Enseignant de mathématiques et d'informatique en classes préparatoires au lycée Externat-Chavagnes de Nantes
Formateur au DIU « Enseigner l'informatique au Lycée »

Vojislav Petrov

Professeur agrégé de mathématiques
Ancien élève de l'École normale supérieure de Lyon
Enseignant de mathématiques et d'informatique en classes préparatoires au lycée Baimbridge en Guadeloupe

Gérard Rozsavolgyi

Professeur agrégé de mathématiques
Responsable de la Licence professionnelle métiers de l'informatique à l'IUT d'Orléans
Formateur au DIU « Enseigner l'informatique au lycée »

Laurent Signac

Docteur en informatique
Enseignant en informatique à l'École nationale supérieure d'ingénieurs de Poitiers
Formateur au DIU « Enseigner l'informatique au lycée »

Hatier

Crédits photographiques

81		ph ©	akg-images
97	h	Coll.	British Government art collection
97	b	Coll.	Shorpy Photo Archives
98		Coll.	Nasa
99	h	ph ©	DR
99	m	Coll.	wikipedia
100	h	Coll.	wikipedia
100	m	ph ©	DR

Maquette de principe : Frédéric Jély • **Mise en pages :** STDI
Schémas : STDI • **Iconographie :** Hatier illustration
Édition : Jean-Marc Cheminée

ISBN 978-2-401-10472-3

SOMMAIRE

Quand vous avez révisé une fiche, cochez la case ❐ correspondante.

Langages, programmation et algorithmique

Modularité et mise au point des programmes

Récursivité

Paradigmes de programmation

Structures de données

Structures de données : interface et implémentation

Structures arborescentes

Graphes

Bases de données

Conception de bases de données

Systèmes de gestion de bases de données – SQL

Architectures matérielles, systèmes d'exploitation et réseaux

Composants et processus

Protocoles de routage et sécurisation des communications

Programmation avancée et algorithmique

Programmes et données – Calculabilité

Programmation avancée

DÉPLIANT

Récursivité
- Programme récursif
- Diviser pour régner

Programmation orientée objet
- Une classe type en Python

Types de données en Python
- Opérations sur les listes/piles
- Opérations sur les files
- Opérations sur les dictionnaires
- Opérations sur les ensembles

Routage et sécurisation des communications
- Le chiffrement asymétrique
- Comparatif du matériel réseau
- Le Transport Layer Security (TLS)
- Comparatif des algorithmes de routage

Modules et documentations

1

☐ OK

I Programmation modulaire

1 Principes généraux

> **À noter**
> La manipulation des modules et de la documentation fait partie intégrante du développement logiciel.

● Le **principe de modularité** est particulièrement important dans tout développement logiciel. Il simplifie les tests, permet de réutiliser du code, et facilite la maintenance. Ce principe peut opérer à plusieurs niveaux :
- découper le code en fonctions ;
- grouper les fonctions dans une classe (on les appelle alors méthodes) ;
- grouper des fonctions par thèmes, dans un fichier séparé ;
- grouper des fichiers en bibliothèques.

● La **programmation modulaire** intervient :
- lors de l'écriture de portions de code pour les réutiliser plus tard, ou les distribuer ;
- lors de l'utilisation, pour répondre à un besoin, de code écrit par une autre personne.

2 Modularité en Python

● On peut (on doit...) écrire des **fonctions** et des **procédures**, et les réutiliser.

● Python permet de faire de la **programmation orientée objets** ▶ FICHE 12 et donc de grouper des fonctions (alors appelées méthodes) au sein de classes, selon le type d'objet sur lequel elles agissent.

● Fonctions, procédures et classes peuvent être groupées par thèmes dans des fichiers séparés alors appelé **modules** qui peuvent être groupés en **packages**.

II Importation des modules

● Certains modules Python sont installés par défaut (bibliothèque standard) et d'autres peuvent être ajoutés en utilisant des outils comme `pip`. Le dépôt Pypi (Python Package Index, https://pypi.org/) référence la plupart des modules tiers.

● Pour importer un module installé, on utilise le mot clé `import` dans une de ses variantes. Ci-après des exemples avec le module `random`.

• On importe le module `random`, les fonctions du module doivent être préfixées du nom du module :

```
import random
a = random.randint(1, 10)
```

• On importe le module `random` et on le renomme en `rnd` (le nouveau nom donné est généralement plus court) :

```
import random as rnd
a = rnd.randint(1, 10)
```

• On importe uniquement la fonction `randint` du module `random` (plus de préfixe, mais seule la fonction `randint` est disponible) :

```
from random import randint
a = randint(1, 10)
```

Toutes les variantes contenant des * dans l'instruction d'importation sont à bannir. Séduisantes pour le débutant, elles sont sources de bugs et rendent le code moins lisible.

III Documentation

Que l'on écrive ou qu'on utilise une fonction ou un module, la documentation est centrale pour que le travail soit réutilisable.

Parmi les différents mécanismes, l'un des plus simples est la docstring qui peut être attachée à une fonction, à une procédure, à une méthode, à une classe, à un module, ou à un package. Dans tous les cas, c'est une chaîne de caractères qui doit figurer au début de l'entité qu'elle documente. Cette documentation est ensuite consultable à l'aide de la commande `help` :

```
>>> import random
>>> help(random) # affiche la docstring du module
>>> help(print)  # affiche la docstring de la fonction
```

Exemple d'écriture d'une docstring :

```
def factorielle(n) :
    """ Calcul de la factorielle :
        n! = 1x2x…xn
        >>> factorielle(5)
        120
    """
    res = 1
    for i in range(2, n + 1):
        res = res * i
    return res
```

Déboguer un programme

2

☐ OK

I Le traceback de Python

- Lorsque l'interpréteur Python rencontre un problème, une **exception** est levée. Si elle n'est pas *capturée*, cette exception provoque l'arrêt du programme et l'affichage d'un message appelé **traceback**. Ce message permet de connaître la nature et le contexte de l'incident.
- Lire l'intégralité des messages d'erreur et se familiariser avec eux permet à la longue de gagner énormément de temps.

II Erreurs de syntaxe

Les erreurs de syntaxe empêchent l'interpréteur de comprendre le code écrit et provoquent la levée d'une exception **avant même l'exécution du code**. Ces erreurs sont souvent faciles à trouver :
– parenthèse, crochet ou guillemet mal fermé (`SyntaxError`) ;
– mauvaise indentation (`IndentationError`).

Exemple :

```
1 for i in range(1, 10):
2     print("Quel est le carré de {} ?".format(i)
3     print("C'est : {}".format(i**2))
```

```
File "tst.py", line 3
    print("C'est : {}".format(i**2))
        ^
SyntaxError : invalid syntax
```

L'erreur, signalée ligne 3, est en fait ligne 2 : **il manque une parenthèse fermante.** Comme les instructions peuvent courir sur plusieurs lignes, elle n'est détectée que ligne 3 !

À noter

Mélanger des **espaces** et des **tabulations** pour indenter le code est souvent incorrect, et toujours déconseillé. Ce type d'erreur est difficile à repérer car la largeur d'une tabulation peut correspondre à celle de quelques espaces. Il est conseillé de configurer son éditeur pour que l'appui sur la touche (tab) provoque l'insertion de 4 espaces (qui est le niveau d'indentation conseillé en Python).

III Erreurs à l'exécution

- Les exceptions levées à l'exécution sont plus difficiles à trouver, car elles nécessitent de comprendre (à différents degrés) l'exécution du code. Elles sont aussi plus variées :
  - `NameError` : un nom de variable a-t-il été mal orthographié ?
  - `IndexError` : l'indice utilisé est-il en dehors de la liste ?
  - `TypeError` : a-t-on essayé d'ajouter un nombre à une chaîne de caractères par exemple ?
- Outre le type d'exception et la ligne l'ayant levée, le traceback contient un historique des appels de fonctions (la pile des appels) permettant de connaître le contexte d'exécution. La recherche d'une erreur s'apparente alors à une enquête : depuis l'endroit où l'erreur s'est déclarée, on remonte le fil d'exécution pour en déterminer la cause, qui peut être à un tout autre endroit (le traceback se lit pour cette raison de bas en haut) :

```
Traceback (most recent call last) :
  File "error.py", line 10, in <module>
    f2()
  File "error.py", line 7, in f2
    f1()
  File "error.py", line 3, in f1
    a = a / (b + c)
ZeroDivisionError : division by zero
```

- Lors de l'exécution du fichier `error.py`, une exception de type `ZeroDivisionError` a été levée, ligne 3 (`a = a / (b + c)`), dans la fonction `f1`. La fonction en question a été exécutée suite à un appel sur la ligne 7, dans la fonction `f2`, qui elle-même a été appelée par la ligne 10 du programme principal.

À noter

Grace Hopper rapporte en 1947 un cas de bug devenu célèbre : il s'agissait d'un insecte (*bug* en anglais) ayant provoqué des erreurs de calcul dans un ordinateur Mark II.

IV Débogueur

- Le débogueur permet de dérouler le programme pas à pas et d'inspecter le contenu des variables.
- Il peut être utilisé suite à une levée d'exception (débogueur post-mortem).

Tests

3

☐ OK

I Tests unitaires

- De l'écriture des spécifications à la validation d'un logiciel, chaque étape du développement est idéalement accompagnée d'une phase de tests. Nous nous intéressons ici aux **tests unitaires** dont l'objectif est de tester indépendamment chaque fonction.

- Ces tests peuvent être conçus avant ou après la fonction à tester, éventuellement par une personne différente. Ils sont généralement exécutés aussi souvent que possible pour éviter les problèmes de régression.

> **Mot clé**
>
> **Régression :** ajout de bugs lors de modification du code.

- Les tests unitaires doivent être les plus couvrants possible, c'est-à-dire envisager le plus de cas possibles (simples ou à problème). Chaque branche du code doit idéalement être testée.

II Outils de test

- Il existe plusieurs outils permettant de réaliser des tests unitaires : les assertions, les doctests, le module tiers `pytest`...

- Les exemples suivants concernent une fonction `fibo(n)` qui calcule le terme `n` de la suite de Fibonacci (suite définie par $F_0 = 0$, $F_1 = 1$ et, pour $n > 1$, $F_n = F_{n-1} + F_{n-2}$).

1 Assertions

Une assertion échoue si l'expression booléenne qui suit le mot clé `assert` est fausse. Si elle est vraie, l'exécution continue sans erreur. Une assertion permet donc de vérifier, par exemple, le retour d'une fonction. Dès qu'une assertion est fausse, l'exécution s'arrête (exception `AssertionError`).

Exemple :

```
assert fibo(0) == 0
assert fibo(3) == 2
assert fibo(7) == 13
```

2 Module doctest

- Le module `doctest` permet d'intégrer des tests dans la *docstring* des fonctions ▶ FICHE 1. Les doctests sont repérées par la chaîne >>>. Écrire des doctests permet à la fois de réaliser des tests unitaires, mais aussi de documenter efficacement la fonction.

Exemple :

```
# Fichier fibo.py
def fibo(n: int) -> int:
    """
    fibo(n) : n-ième terme de la suite de Fibonacci
    >>> fibo(3)
    2
    >>> fibo(7)
    13
    """
    # Texte de la fonction
```

- Les tests peuvent être validés depuis l'interpréteur Python. Dans l'exemple ci-contre, un des tests a échoué.

```
>>> import fibo
>>> import doctest
>>> doctest.testmod(fibo)
Failed example:
    fibo(7)
Expected: 13
Got: 15
```

3 Module pytest

- `pytest` permet de faire des tests plus complets (vérification qu'une exception est levée par exemple) et propose des diagnostics plus complets et plus explicites que les autres outils.
- On peut démarrer l'utilisation de `pytest` par l'écriture de fonctions préfixées par `test_` contenant chacune une assertion.

Exemple :

```
# Fichier test_fibo.py
import pytest
from fibo import fibo
def test_0():
    assert fibo(0) == 0
def test_3():
    assert fibo(3) == 2
def test_7():
    assert fibo(7) == 13
def test_neg():
    with pytest.raises(ValueError):
        fibo(-1)
```

- L'exécution des tests réalisés avec `pytest` montre un diagnostic plus précis des problèmes (non reproduit ici).

```
>>> import pytest
>>> pytest.main(["test_fibo.py"])
```

Guide de style

4

☐ OK

I Choisir correctement des noms

- Syntaxiquement, les noms de variables, de fonctions, de classes, de méthodes, d'attributs ▶ FICHE 12 peuvent comporter des lettres, des chiffres, des caractères « _ » et ne doivent pas commencer par un chiffre.
- Quel que soit le langage, on choisira un nom d'autant plus évocateur qu'il est utilisé dans une grande portion de code.
- La PEP 8 (guide de style Python accessible sur https://www.python.org/dev/peps/peps-0008/) ajoute les conventions suivantes :

• Noms de modules courts, en minuscules et de préférence sans « _ ».
Exemple : `crypto`.

• Noms de classes ou de types en *CamelCase*, c'est-à-dire en minuscules, sans « _ », avec une majuscule au début de chaque mot.
Exemples : `class NombrePremier`.

• Noms de fonctions, de méthodes, d'attributs ou de variables en minuscules, les mots séparés par des « _ ».
Exemple : `def decomposition_facteurs_premiers(...)`.

• Les variables utilisées comme constantes sont en majuscules, les mots séparés par des « _ ».
Exemple : `TOTAL_MAX = 10`.

II Espaces, indentations, lignes blanches

1 Indentation

- Les blocs Python sont délimités par l'indentation. La PEP 8 propose d'indenter les blocs à l'aide de 4 espaces (la plupart des éditeurs Python utilisent ce réglage).
- Une ligne ne devrait pas excéder 79 caractères (cette règle est parfois transgressée). Lorsqu'une instruction court sur plusieurs lignes, on facilite la lecture en indentant. Exemple tiré de la PEP 8 :

```
# Aligner avec la parenthèse ouvrante
foo = nom_de_fonction_long(var_one, var_two,
                           var_three, var_four)
```

- Enfin, on écrit généralement une seule instruction par ligne.

2 Espaces

Les règles suivantes permettent de bien distribuer les espaces :
- pas d'espace avant « : » ;
- espace après (mais pas avant) les « , » dans les appels ou définitions de fonction, les tuples et les listes ;
- espaces autour de « = » (pour l'affectation) et des opérateurs arithmétiques, sauf s'il y en a beaucoup sur la ligne (dans ce cas, ne pas mettre d'espace autour des plus prioritaires) ;
- pas d'espace après « ([{ », ni avant «)]} » ;
- pas d'espaces autour de « : » dans les *slices*.

Exemples :

```
# espaces autour de =
a = 2
# espace après , et pas d'espace avant :
for i in range(1, 43):
    a = a * 2 # espaces autour de = et *
lst = [1, 1, 2, 3, 5, 8] # espaces après ,
print(lst[2:6]) # pas d'espace autour de :
# espaces après : et , mais pas avant
dico = {"6": 8, "7": 13, "8": 21}
```

3 Lignes blanches

- On laisse deux lignes vides entre les différentes fonctions ou classes à l'intérieur d'un module.
- Au sein d'une classe, les méthodes sont séparées par une seule ligne blanche.

III Outils de validation

- `pep8` et `flake8` permettent de vérifier la conformité avec la PEP 8 (ainsi que d'autres choses).
- `autopep8` et `black` peuvent reformater automatiquement le code en suivant ces règles.
- Exemple d'infractions relevées par `flake8` dans un programme `fib.py` :

```
fib.py:1:11: E203 whitespace before ':'
fib.py:2:8: E225 missing whitespace around operator
fib.py:2:11: E231 missing whitespace after ','
fib.py:6:1: E305 expected 2 blank lines after class or
function definition, found 0
fib.py:6:6: E211 whitespace before '('
```

Quiz EXPRESS 5

Avez-vous bien révisé les fiches 1 à 4 ? On vérifie !

1 Modularité

▶ FICHE 1

Parmi les lignes qui suivent, trouver celle qui ne permet pas d'importer et d'utiliser la totalité du module `itertools` :

- ☐ **a.** `import itertools`
- ☐ **b.** `import itertools as itt`
- ☐ **c.** `from itertools import cycle`

2 Débogage

▶ FICHE 2

Quel message d'exception s'affiche si on tente d'exécuter le code suivant ?

```
a = 1
for i in range(3):
    print("i = {}, a = {}".format(i, a)
    a = 2 * a
```

- ☐ **a.** `NameError`
- ☐ **b.** `SyntaxError`
- ☐ **c.** `IndexError`
- ☐ **d.** `IndentationError`

3 Tests

▶ FICHE 3

On considère le code suivant qui, étant donné un terme u_n de la suite de Syracuse, renvoie le terme suivant u_{n+1}.

```
def syracuse(un: int) -> int:
    if un % 2 == 0:
        return un // 2
    else:
        return 3 * un + 1
```

Le test suivant est proposé :

`assert syracuse(32) == 16`

Parmi ces autres tests, lequel vous semble le plus urgent à ajouter ?

- ☐ **a.** `assert syracuse(16) == 8`
- ☐ **b.** `assert syracuse(0) == 0`
- ☐ **c.** `assert syracuse(3) == 10`

CORRIGÉS

1 Modularité

Réponse c. Ici, seule la fonction `cycle` du module `itertools` est accessible.

À noter

La règle suivante peut vous aider à savoir comment importer correctement un module (et éviter les `import *`) : dans un appel de fonction, il est d'autant plus facile de savoir d'où vient la fonction que l'importation est bien faite.
`import itertools` est donc mieux que `import itertools as itt` qui est mieux que `from itertools import cycle`. Et ces trois solutions sont bien meilleures que `from itertools import *`.

2 Débogage

Réponse b. L'exception `SyntaxError` est levée ligne 4. Mais l'erreur est en fait ligne 3 : il manque une parenthèse fermante.

À noter

Les erreurs détectées avant l'exécution (typiquement SyntaxError et IndentationError) sont infiniment plus faciles à corriger que les autres et ne nécessitent même pas de comprendre le sens du code écrit. Avec un peu d'habitude, vous les corrigerez de manière complètement mécanique.
Les erreurs de syntaxe sont plus faciles à repérer si le code est bien présenté. L'objectif de la PEP 8 (fiche 4) est de normaliser cette présentation pour rendre la lecture du code, que vous en soyez l'auteur ou non, plus facile.

3 Tests

Réponse c. Le programme comporte deux branches : une pour les nombres pairs et une pour les nombres impairs. Il faut impérativement tester les deux et donc ajouter un test avec un paramètre impair. Le cas `un = 0` pourrait être ajouté, mais c'est un cas particulier (et la valeur 0 n'est jamais atteinte dans la suite de Syracuse, sauf si c'est le terme initial).

Fonctionnement d'un programme récursif

6

☐ OK

I Introduction à la récursivité

- Une **fonction récursive** est une fonction qui s'appelle elle-même. Voici un premier exemple classique.

```
def expo(a, n):
    if n == 0:
        return 1
    else:
        return a * expo(a, n - 1)
```

Cette fonction implémente simplement une façon (récursive) de définir la puissance d'un nombre $a \neq 0$: $a^0 = 1$ et $a^n = a \times a^{n-1}$.

- On remarque que la fonction commence par une **condition d'arrêt** qui traite le cas de base.

Pour étudier le fonctionnement interne de cette fonction, on peut réécrire la fonction précédente :

```
def expo(a, n):
    if n == 0:
        print("On a n = 0")
        return 1
    else:
        print("On a n = ", n)
        return a * expo(a, n - 1)
```

Mot clé

Un **cas de base** est une valeur de l'argument pour laquelle le problème se résout immédiatement.

II Pile d'exécution

- Lors de l'appel d'une fonction récursive, une structure de pile est utilisée en interne (▶ FICHES 11 À 14 pour une présentation plus détaillée des piles en informatique).

- Une pile fonctionne comme un empilement d'objets (l'image d'une pile d'assiettes est adaptée) : on peut empiler un objet en haut de la pile et enlever le sommet de la pile (on dit dépiler), mais on ne peut pas accéder à un objet qui n'est pas en haut de la pile.

- La pile utilisée, appelée **pile d'exécution**, est de taille limitée. Au-delà d'un certain nombre d'appels récursifs, 1 000 par défaut en Python, il y a une erreur de dépassement de la taille de la pile (*stack overflow*). Cette pile contient une trace de tous les appels de fonction qui ne se sont pas encore terminés.

Concrètement, un appel récursif à `expo(2, 3)` donne, de manière très simplifiée :

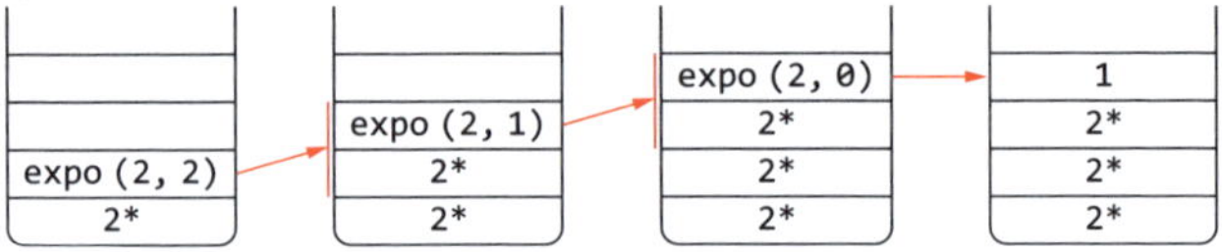

Évolution de la pile d'exécution, puis dépilement pour évaluer

III Écriture d'une fonction récursive

- Une fonction récursive simple s'écrit sous la forme :

```
def fun(args):
    if condition d'arrêt:
        return valeur
    appel récursif
```

- Pour écrire une fonction récursive on :

– détermine le type de données à renvoyer ;
– détermine pour quelle(s) valeur(s) de l'argument le problème est résolu et on écrit la condition d'arrêt ;
– détermine de quelle manière la taille du problème est réduite (argument entier qui décroît strictement, liste dont la taille diminue, etc.) ;
– écrit l'appel récursif en prenant garde à ce que le type de données qu'il renvoie soit cohérent avec celui renvoyé par la condition d'arrêt.

IV Étude de la complexité d'une fonction récursive

- On note T_n le nombre d'opérations nécessaires pour évaluer une fonction récursive sur un problème de taille n. Pour évaluer T_n on cherche une relation de récurrence impliquant T_n, puis on résout la relation de récurrence.
- *Exemple* : nombre d'opérations pour le calcul de la puissance d'un nombre. On a $T_0 = 1$ et $T_{n+1} = T_n + 1$. On reconnaît une suite arithmétique, d'où $T_n = n + 1$.
- Voici quelques complexités classiques :

Relation de récurrence	Complexité
$T_n = T_{n-1} + \Theta(1)$	$\Theta(n)$
$T_n = T_{n-1} + \Theta(n)$	$\Theta(n^2)$
$T_n = 2T_{n-1} + \Theta(1)$	$\Theta(2^n)$

Méthode « diviser pour régner » 7

☐ OK

I Principe

- Le paradigme de programmation « diviser pour régner » (ou *divide and conquer*) consiste à ramener la résolution d'un problème dépendant d'un entier n à la résolution de un ou plusieurs sous-problèmes indépendants dont la taille des entrées passe de n à $\frac{n}{2}$ ou une fraction de n.
- Les algorithmes ainsi conçus s'écrivent de manière naturelle de façon récursive. Le procédé « diviser pour régner » est un cas particulier de la récursivité, où la taille du problème est divisée à chaque appel récursif.

II Exemple de l'exponentiation rapide

- Le calcul de la puissance d'un nombre définie par $a^0 = 1$ et $a^n = a \times a^{n-1}$ n'est pas optimal. Il peut être amélioré :
  - $a^0 = 1$;
  - si n est pair, $a^n = (a \times a)^{n/2}$;
  - sinon $a^n = a \times (a \times a)^{(n-1)/2}$.
- La taille du problème est divisée par deux à chaque appel récursif. On a donc une relation de récurrence de la forme $T(n+1) \leqslant T\left(\frac{n}{2}\right)$ et $T(1) = 1$ qui mène à $T(n) = \Theta(\log_2(n))$.

III Tri fusion

Le tri fusion permet de trier une liste `lst` selon le principe « diviser pour régner ».

- Pour rassembler deux listes `lst1` et `lst2` déjà triées, on peut les interclasser de manière suivante : on compare les plus petits éléments de chacune d'elles, on place le plus petit des deux dans une nouvelle liste `lstn` et on poursuit cette opération jusqu'à épuisement de l'une des deux listes. On complète alors `lstn` en ajoutant à la fin de celle-ci les éléments de la liste non vide.
- Le tri fusion est alors défini de la manière suivante :
  - si la liste `lst` a au plus un élément elle est déjà triée ;
  - si la liste `lst` a 2 éléments ou plus, on partage `lst` en 2 sous-listes de même taille, à un élément près, puis on appelle récursivement la fonction sur chacune des sous-listes et on interclasse les sous-listes triées.

- Exemple illustré par un schéma :

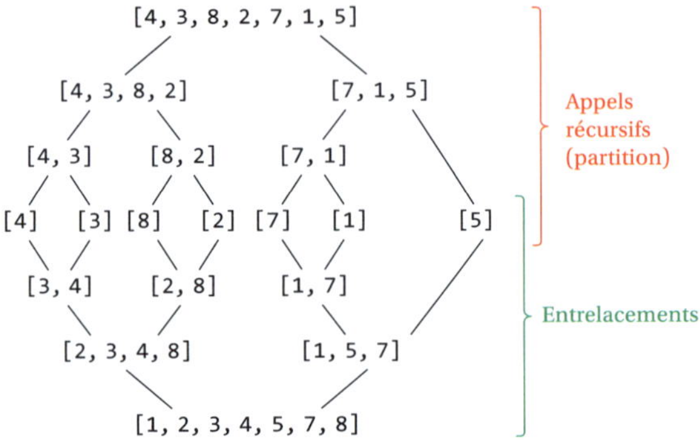

- Exemple de programme en Python :

```python
def interclassement(lst1, lst2):
    lstN = []
    n1, n2 = len(lst1), len(lst2)
    i1, i2 = 0, 0 # i1 et i2 sont des indices
    while i1 < n1 and i2 < n2:
        if lst1[i1] < lst2[i2]:
            lstn.append(lst1[i1])
            i1 += 1
        else:
            lstn.append(lst2[i2])
            i2 += 1
    return lstn + lst1[i1:] + lst2[i2:]

def fusion(lst):
    if len(lst) <= 1:
        return lst
    m = len(lst) // 2
    return interclassement(fusion(lst[:m]),
                           fusion(lst[m:]))
```

IV Complexités typiques

Relation de récurrence	Complexité
$T(n) = T(n/2) + \Theta(1)$	$\Theta(\log n)$
$T(n) = 2T(n/2) + \Theta(1)$	$\Theta(n)$
$T(n) = 2T(n/2) + \Theta(n)$	$\Theta(n \log n)$
$T(n) = aT(n/b) + \Theta(n)$ $(a \geqslant 2, b \geqslant 2$ et $a > b)$	$\Theta\left(n^{\log_b(a)}\right)$

Exemples d'utilisation de la récursivité

8

☐ OK

I Recherche dichotomique dans une liste triée

- Soit `lst` une liste de nombres triée dans l'ordre croissant et soit `x` un nombre. Nous pouvons adapter l'algorithme de recherche dichotomique vue en Première ▶ FICHES BAC NSI 1re, FICHE 39 de manière récursive : on teste si l'élément médian de `lst` est égal à `x`, sinon on cherche sa présence à gauche ou à droite dans `lst` suivant qu'il est plus grand ou plus petit que `x`.

Cet algorithme s'arrête lorsque `lst` est vide.

```
def recherche(lst, x):
    if len(lst) == 0:
        return False
    m = len(lst) // 2
    if lst[m] == x:
        return True
    elif lst[m] < x:
        return recherche(lst[m + 1:], x)
    else:
        return recherche(lst[:m], x)
```

- En apparence, cette fonction a la même complexité que la recherche dichotomique dans une liste triée écrite de manière itérative, donc de l'ordre de $\log_2(n)$. Néanmoins, le *slicing* a un coût caché qu'il faut prendre en compte.
- La relation de récurrence s'écrit alors $T_n = T_{n/2} + n/2$. Cette relation de récurrence mène à $T_n = \Theta(n)$. L'utilisation d'une fonction locale stockant les indices gauches et droits encadrant les indices où peut être trouvé l'élément aurait permis de réduire cette complexité :

```
def recherche2(lst, x):
    def rec(i, j, x):
        if i > j:
            return False
        m = (i + j) // 2
        if lst[m] == x:
            return True
        elif lst[m] < x:
            return rec(m + 1, j, x)
        else:
            return rec(i, m - 1, x)
    return rec(0, len(lst) - 1, x)
```

Mot clé

Une **fonction locale** est une fonction définie à l'intérieur d'une fonction. Elle permet, notamment dans le cadre de la récursivité, d'ajouter des arguments à une fonction.

● La fonction `recherche2` n'effectue que des opérations élémentaires à chaque appel récursif. Le fait d'utiliser comme arguments supplémentaires les indices `i` et `j` tels que `lst[i] <= x <= lst[j]` permet d'éviter d'effectuer des opérations directement sur la liste et réduit le coût.

Ceci a comme coût $T_n = T_{n/2} + 1$ ce qui mène à $T_n = \Theta(\log(n))$.

II Suite de Fibonacci et récursivité explosive

1 Fonction récursive naïve de Fibonacci

● On s'intéresse ici à la programmation récursive du calcul du terme général de la suite de Fibonacci, définie par :

$u_0 = 0\,; u_1 = 1$ et, pour tout entier naturel n, $u_{n+2} = u_{n+1} + u_n$.

● Une écriture, naïve, de ce calcul conduit à :

```
def fibo(n):
    if n < 2:
        return n
    return fibo(n - 1) + fibo(n - 2)
```

● Si cette fonction renvoie le bon résultat, les valeurs un tant soit peu élevées de n donnent des calculs longs (essayer `fibo(37)`).

Une analyse de complexité explique ce temps de calcul. Si T_n désigne le nombre d'opérations pour calculer `fibo(n)`, on obtient la relation de récurrence $T_{n+2} = T_{n+1} + T_n + 1$. Or cette suite croît encore plus vite que la suite de Fibonacci, qui a déjà un comportement exponentiel.

2 Fonction récursive avec mémoïsation

Une solution possible consiste à garder en mémoire les termes de la suite déjà calculés. Cette technique de mémoïsation (procédé où on garde en mémoire les valeurs déjà calculées) peut par exemple être traitée en créant un dictionnaire qui stocke ces valeurs, ainsi qu'une fonction locale :

```
def fibo(n):
    memo_fibo = dict()
    def fib(n):
        if n in memo_fibo:
            return memo_fibo[n]
        if n < 2:
            memo_fibo[n] = n
        else:
            memo_fibo[n] = fib(n - 1) + fib(n - 2)
        return memo_fibo[n]
    return fib(n)
```

Quiz EXPRESS

Avez-vous bien révisé les fiches 6 à 8 ? On vérifie !

9

1 Fonction récursive

▶ FICHE 6

On considère la fonction suivante.

```
def f(n):
    if n == 0:
        return 1
    else:
        return 2 * f(n - 1)
```

Comment est évalué `f(8)` ?

- ☐ **a.** Ce calcul provoque une erreur.
- ☐ **b.** Cette expression vaut 14.
- ☐ **c.** Cette expression vaut 256.
- ☐ **d.** Cette expression vaut 2.

2 Complexité, récursivité et erreurs

▶ FICHE 6

On considère la fonction suivante :

```
def inverse(lst):
    return inverse(lst[1:]) + [lst[0]]
```

Cette fonction :

- ☐ **a.** renvoie l'image miroir d'une liste.
- ☐ **b.** a une complexité en $\Theta(n)$.
- ☐ **c.** a une complexité en $\Theta(n^2)$.
- ☐ **d.** renvoie une erreur.

3 Diviser pour régner

▶ FICHES 7 ET 8

Une complexité décrite par une relation de récurrence de la forme $C(n) = C\left(\frac{n}{2}\right) + 1$ et $C(1) = 1$ est en :

- ☐ **a.** $\Theta(1)$
- ☐ **b.** $\Theta(n)$
- ☐ **c.** $\Theta(\log n)$
- ☐ **d.** $\Theta(n \log n)$

CORRIGÉS

1 Fonction récursive

Réponse c. Car `f(n)` vaut 2^n.

> **À noter**
> Les appels récursifs successifs sont gérés en interne par une pile d'exécution.

2 Complexité, récursivité et erreurs

Réponse d. La fonction `inverse` considérée ne comporte pas de condition d'arrêt. Lorsque la liste est vide, l'accès à `lst[0]` est impossible et provoque une erreur. La fonction `inverse` avec une condition d'arrêt :

```
def inverse(lst):
    if lst == []:
        return []
    return inverse(lst[1:]) + [lst[0]]
```

Cette fonction renvoie l'image miroir de `lst` avec une complexité en $\Theta(n^2)$. La relation de récurrence permettant de calculer la complexité est : $T(n) = T(n-1) + n - 1$.

> **À noter**
> Cette fonction peut être améliorée, par exemple, à l'aide d'une fonction locale. Il s'agit en effet d'éviter le coût du *slicing*. Ceci mène à la relation de récurrence $C(n) = C(n-1) + O(1)$ dont la complexité est en $\Theta(n)$.

3 Diviser pour régner

Réponse c. Cette relation de récurrence apparaît par exemple dans le cas de la recherche dichotomique dans une liste triée. Elle est plus rapide qu'une relation de la forme $C_n = C_{n-1} + 1$.

> **À noter**
> Une telle relation de récurrence relève d'un cas particulier du paradigme « diviser pour régner ». Elle a lieu lorsqu'un problème est partagé en deux sous-problèmes dont un seul est effectivement résolu, et que cette résolution a lieu en temps constant. Lorsque le problème est partagé en deux sous-problèmes indépendants qui sont tous les deux résolus, les relations d'induction sont de la forme $C(n) = 2C\left(\frac{n}{2}\right) + f(n)$; c'est un cas typique du paradigme « diviser pour régner ».

Les principaux paradigmes de programmation

10

☐ OK

I Les paradigmes de programmation

1 *One to rule them all* (un pour les gouverner tous)

- Le mot **paradigme** vient du mot grec ancien παράδειγμα qui signifie « modèle ». En informatique, ce mot a été adopté pour distinguer les différentes façons d'envisager l'écriture d'un programme.
- Cependant, quel que soit le programme et son mode d'écriture, il est traduit sous la forme de code machine **impératif** : donner à la machine des instructions élémentaires pour lui dire comment effectuer ses allers-retours entre le processeur et la mémoire.
- Ce style (paradigme) de programmation impératif étant au cœur de la machine, la majorité des langages l'a adopté.

À noter
Voir la machine de von Neumann ▶ FICHES BAC NSI 1re, FICHE 30.

2 Pourquoi d'autres paradigmes ?

- En 1954, John von Neumann, lorsqu'on lui a présenté Fortran, le premier véritable langage de programmation, aurait déclaré : « Pourquoi voudrait-on autre chose que le langage machine ? ».
- À cette question, on peut répondre qu'il est préférable de rapprocher le langage de la pensée du programmeur plutôt que de lui demander de penser en fonction de la machine. Or l'être humain a différentes façons de penser : différents types de langages ont donc été proposés.
- La tendance actuelle est de ne pas attacher un langage à un paradigme mais de permettre l'adoption de plusieurs paradigmes au sein d'un même langage afin de pouvoir s'adapter à différentes situations.

II Exemples de paradigmes de programmation

1 La variété des paradigmes

Des dizaines de paradigmes de programmation ont été décrits, outre le paradigme impératif. Son direct « opposé » est le paradigme **déclaratif** où l'on décrit ce que l'on veut faire sans demander au programmeur de donner les instructions précises à la machine. On trouve notamment dans cette catégorie la **programmation logique**, **fonctionnelle** ▶ FICHE 11, le SQL ▶ FICHE 33.

- À la fin des années 1950, les concepts de la programmation orientée objet apparaissent. Ils auront un impact très important sur l'informatique d'aujourd'hui et sont présentés plus en détail dans la suite ▶ FICHE 12.

- La programmation orientée acteurs et plus généralement la programmation permettant de gérer la concurrence a pris énormément d'importance depuis une dizaine d'années pour tenir compte du changement drastique dans l'architecture des machines qui disposent de multiples cœurs ou processeurs. Des langages comme Erlang, Elixir, Scala, Go en sont l'illustration.

> **À noter**
>
> Un autre style de programmation révolutionne le monde depuis les années 2014 : l'**apprentissage automatique**. On programme des machines pour qu'elles pensent et programment par elles-mêmes...

2 La programmation modulaire

- Dans le cadre de la programmation classique de type impératif en langage Python, C, Fortran, une notion fondamentale s'est dégagée : celle de modularité à travers l'usage de fonctions. Un programme est alors constitué de deux types d'entités distinctes : les *données* et les *fonctions*.

- Cette conception donne la primauté aux *traitements*. Les briques logicielles sont essentiellement des morceaux de code réutilisables n'intégrant pas de données. Cette dissociation des données et des traitements restreint la réutilisabilité de ces briques logicielles, ce à quoi la notion d'objet va essayer de remédier.

3 Le paradigme objet

- Le paradigme objet a été élaboré par les Norvégiens Ole-Johan Dahl et Kristen Nygaard au début des années 1960 à travers le langage Simula et repris et approfondi par l'Américain Alan Kay dans les années 1970 dans le développement du langage SmallTalk qui est devenu une référence dans le domaine. La programmation orientée objet se retrouve dans nombre de langages aujourd'hui comme C++, C#, Java, Python, Eiffel, Ruby ou OCaml qui sont des langages à classes.

- Dans la programmation orientée objet, pour remédier aux difficultés posées par la programmation modulaire, on considère un nouveau type d'entité : l'objet qui intègre les données et les traitements. Les données trouvent ainsi leur place au sein de ces briques logicielles. L'objet prend une certaine « autonomie » et est en mesure de dialoguer avec les autres objets de son univers ▶ FICHE 14.

I La programmation fonctionnelle

- La programmation fonctionnelle est née en même temps que la programmation impérative (Lisp dans les années 1950) mais est longtemps restée marginale, plus académique qu'industrielle (langages ML et dérivés, Haskell).

- Cependant, la plupart des langages apparus au XXIe siècle sont fortement influencés par un *style fonctionnel*. Python, par exemple, dans sa version 3.10 (PEP 622) propose le **filtrage par motif structurel** qui est un des points forts de la programmation fonctionnelle. Après d'autres introductions fonctionnelles, c'est le signe que les frontières s'estompent entre paradigmes de programmation.

À noter

De nombreux nouveaux langages fonctionnels sont utilisés par les grandes entreprises du numérique comme Go (Docker, Google), Rust (Mozilla), Kotlin (Android), Erlang (Whatsapp) ou encore Ocaml (Facebook). Ils apportent des facilités en programmation concurrente et pour fiabiliser les logiciels.

II Caractéristiques de la programmation fonctionnelle

- **Non pas « comment ? » mais « quoi ? »**

En programmation fonctionnelle, on déclare ce que l'on veut faire mais pas comment cela va être fait : un programme consiste essentiellement à décrire le rapport qui existe entre les données et les résultats que l'on veut obtenir, plutôt que la séquence de traitements qui mène des unes aux autres.

Exemple : Quelle est la somme des 100 premiers entiers naturels pairs tels que le carré de la somme d'un de ces nombres additionné à 2 est divisible par 137 ? Voici comment cela peut être programmé en **Haskell** :

```
sum $ take 100 $ filter (\x -> (x + 2)^2 `mod` 137 == 0)
[0,2..]
```

Ici, le nom des fonctions permet d'en comprendre le rôle.

- **La transparence référentielle**

En programmation fonctionnelle, il n'y a pas d'affectation. Lorsqu'on écrit `a = 1`, a peut être remplacé par 1 tout au long du programme.

Idempotence

Vous obtenez toujours le même résultat pour chaque appel d'une fonction. Il faut donc éviter au maximum les variables globales et les fonctions à effets secondaires.

Concurrence et/ou parallélisation

L'idempotence et la transparence référentielle permettent de se libérer des contraintes de chronologie.
Par exemple si `res = f1(a,b) + f2(a,c)`, on peut effectuer les appels à `f1` et `f2` à n'importe quel moment car a ne sera pas modifié.

Pas d'affectation : des liens !

C'est une conséquence de la transparence référentielle. Une expression est liée à une valeur. Si on veut changer cette valeur, il faut créer une autre expression. On peut s'en inspirer en Python aussi.

Ainsi, au lieu de :

```
nom = 'James'
nom = nom + 'Bond'
```

on préférera :

```
prenom = 'James'
nom = 'Bond'
appellation = prenom + nom
```

Récursion

Sans affectations ni boucles, la programmation fonctionnelle passe souvent par des définitions **récursives** de fonctions, c'est-à-dire des fonctions qui s'appellent elles-mêmes.

Les fonctions sont des objets comme les autres

Les fonctions peuvent prendre d'autres fonctions en argument. Supposons que nous voulions filtrer des listes selon des critères changeants. On peut utiliser l'opérateur `lambda` qui permet de créer des fonctions selon la syntaxe :

```
lambda arguments: image
```

Par exemple, pour créer « à la volée » la fonction $x \mapsto 2x+1$:

```
lambda x: 2*x + 1
```

On peut le lire ainsi : « Une fonction qui prend x en paramètre et renvoie `2*x + 1`. »

Dans le cas d'un filtre :

```
def filtre(critère):
    return lambda liste: [élément for élément in liste
    if critère(élément)]
```

Par exemple pour obtenir les nombres pairs et positifs d'une liste d'entiers :

```
>>> pair_pos = filtre(lambda n: n % 2 == 0 and n >= 0)
>>> pair_pos([-4, -3, -2, -1, 0, 1, 2, 3, 4])
[0, 2, 4]
```

Programmation orientée objet

12

☐ OK

I L'architecture objet

- La conception objet possède un aspect intuitif fort : on s'efforce de calquer la représentation informatique sur des entités physiques ou conceptuelles apparaissant dans le processus à modéliser, par exemple des objets *Produit* et *Catalogue* sur un site de vente en ligne.
- Les termes d'**objet** et d'**architecture objet** évoquent une volonté de se rapprocher du monde physique de la construction et de l'assemblage, en particulier à travers l'usage des design patterns qu'utilisent couramment les programmeurs objet expérimentés.

Mot clé

Le terme **design patterns** (patrons de conception) tire son origine des théories de l'architecte Christopher Alexander dont les conceptions ont été appliquées à la structure des organisations et à l'informatique.

II Principes et terminologie objet

1 Objets et encapsulation

- Un objet comprend **une partie figée** qui représente son état et les liens qui l'unissent à d'autres objets et **une partie dynamique** qui décrit toutes les opérations qu'on peut lui appliquer ainsi que sa manière de réagir aux événements de l'environnement.
- Sa partie fixe est constituée d'un ensemble de **champs** ou **attributs** et sa partie dynamique d'opérations appelées **méthodes**. Certaines de ces méthodes constituent la partie visible de l'objet. C'est par elles que l'on s'adresse à lui. Elles constituent autant de **services** qu'on peut demander à l'objet de fournir.
- Certains champs peuvent être partiellement ou totalement inaccessibles à d'autres objets. C'est alors que l'on parle d'**encapsulation**.

2 Classes et instances

- Quand des objets possèdent une structure et des comportements en commun, on peut les regrouper sous forme de **classe**. Une classe est une sorte de moule à partir duquel sont produits les objets que l'on appelle **instances** de la classe. Les instances d'une même classe ne diffèrent les unes des autres que par les valeurs de leurs attributs.

- La programmation objet consiste alors à définir les bonnes classes dotées de leurs champs et méthodes, puis à les instancier pour créer des objets et les faire interagir.

3 Messages

- On dit qu'il y a **interaction** entre objets lorsqu'il y a envoi d'un **message** de l'un vers l'autre accompagné éventuellement d'arguments.
- Le destinataire et l'émetteur peuvent être le même objet. Dans ce cas le mot clé `this` (en Java ou C++) ou `self` (en Python ou Smalltalk) est utilisé comme nom de destinataire.

> **Attention**
> Ne pas confondre la notion de message avec celle de fonction. La réalisation d'une action dépend de celui qui reçoit le message.

III Exemple en Python

- On se propose de modéliser des `Boites` qui peuvent contenir des objets et être ouvertes ou fermées. On y place donc deux champs : `contenu` et `ouvert` qui sont en outre signalés **privés** par la présence du « _ » devant leur nom. Des méthodes pour ouvrir ou fermer la boite et tester si elle est ouverte y sont adjointes.
- Le paramètre **self** représente l'instance courante de l'objet, on le retrouve dans toutes les méthodes de la classe. On trouve des méthodes spéciales comme `__init__` pour initialiser l'objet ou `__str__` pour obtenir sa représentation sous forme de chaîne de caractères. On trouve aussi des méthodes statiques, qui ne sont pas attachées à une instance particulière.

```
class Boite:
    def __init__(self, ouvert=False):
        self._ouvert = ouvert
    def ouvre(self):
        self._ouvert = True
    def ferme(self):
        self._ouvert = False
    def __str__(self):
        res = "Une boîte"
        res += "ouverte" if self._ouvert else "fermée"
        return res
```

- Nous pouvons instancier une `Boite`, l'ouvrir, l'afficher, la fermer.

```
boite = Boite()
boite.ouvre()
print(boite)
boite.ferme()
```

Quiz EXPRESS

13

Avez-vous bien révisé les fiches 10 à 12 ? On vérifie !

1 Principes de la programmation orientée objet

▶ FICHES 10 ET 12

Quelle est la sortie en réponse à l'exécution du code suivant ?

```
class Alien:
    def __init__(self, id = 'Zorglub'):
        self.id = id

bul = Alien('Bulgroz')
print (bul.id)
```

☐ **a.** Une erreur de syntaxe va empêcher le programme de tourner.

☐ **b.** `Zorglub`

☐ **c.** `Bulgroz`

☐ **d.** `bul`

2 Programmation fonctionnelle

▶ FICHES 10 ET 11

Voici la documentation de `reduce` :

« Applique la fonction de deux arguments cumulativement aux éléments de l'itérable, de gauche à droite, afin de réduire l'itérable à une seule valeur. Par exemple, réduire `(lambda x, y: x + y, [1, 2, 3, 4, 5])` effectue le calcul `((((1 + 2) +3) +4) +5)`. L'argument de gauche, x, est la valeur accumulée et l'argument de droite, y, est la valeur de mise à jour de l'itérable. Si la valeur initiale facultative est présente, elle est placée avant les éléments de l'itérable dans le calcul et sert de valeur par défaut lorsque l'itérable est vide. Si la valeur initiale n'est pas donnée et que l'itérable ne contient qu'un seul élément, le premier élément est renvoyé. »

Quelle est l'issue du code suivant ?

```
from functools import reduce
f = lambda a, b: a if (a > b) else b
num = reduce(f, [47, 11, 42, 102, 13])
print(num)
```

☐ **a.** `num` ☐ **b.** `47114210213`

☐ **c.** `11` ☐ **d.** `102`

CORRIGÉS

1 Principes de la programmation orientée objet

Réponse c.

`bul` est une référence à une instance de la classe `Alien`. L'attribut `id` est lié par défaut à `'Zorglub'` mais est ici modifié pour être lié à `'Bulgroz'`.

Mot clé

Lorsqu'on veut « protéger » un champ dans un objet, on le déclare « privé ». On parle alors d'encapsulation. Le champ n'étant pas visible de l'extérieur de la classe.

2 Programmation fonctionnelle

Réponse d.

La fonction d'accumulation renvoie le plus grand de ses deux arguments : c'est la fonction `max`. À mesure du parcours de la liste, on obtient :

```
max(max(max(max(47, 11), 42), 102), 13)
```

i.e. le maximum de la liste donc `102`.

Mot clé

Map/Reduce est un paradigme de programmation, également mis en place sous la forme d'un logiciel propriétaire par Google pour le « big data ». On en trouve des implémentations, gérant souvent la concurrence, dans les principaux langages de programmation.

Types abstraits

14

☐ OK

I | Structures de données, types abstraits

- Une **structure de données** est une manière de stocker, d'accéder à, et de manipuler des données (comme les types `list` ou `dict` de Python).
- L'**interface** de la structure de données décrit de quelle manière on peut la manipuler, par exemple en utilisant `append` pour le type `list` ou `get` pour le type `dict`.
- L'**implémentation** de la structure de données, au contraire, contient le code de ces méthodes (comment fait Python). Il n'est pas nécessaire de connaître l'implémentation pour manipuler la structure de données.
- Un **type abstrait** décrit essentiellement une interface, indépendamment du langage de programmation, avec éventuellement des précisions sur la complexité en temps et en espace des opérations.

II | Listes

- Une **liste** est composée de données et offre un moyen de passer à la donnée suivante. Les listes sont très souvent implémentées sous forme d'une chaîne de valeurs, chacune pointant vers la suivante (on parle alors de liste chaînée), comme sur la figure ci-contre.

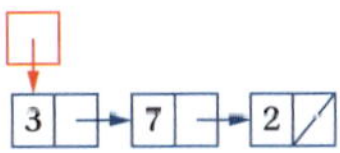

- Les opérations généralement disponibles sont :
  - savoir si la liste est vide (`is_empty`) ;
  - insérer un élément en tête de liste (`insert`) en temps constant ;
  - récupérer l'élément en tête de liste (`head`) en temps constant ;
  - récupérer la liste privée du premier élément (`tail`).
- Il existe de multiples variantes de listes, mais le principe reste toujours plus ou moins identique. Cette structure est à la base de nombreuses autres.

III | Piles

Une **pile** (*stack* ou LIFO pour *last in, first out*) est une collection d'objets munie des opérations suivantes :
- savoir si la pile est vide (`is_empty`) ;

– empiler un nouvel élément au sommet de la pile (`empiler`, `push`) en temps constant ;
– dépiler l'élément au sommet de la pile et le renvoyer (`depiler`, `pop`) en temps constant (parfois, il y a deux opérations : une pour renvoyer le sommet de la pile sans le supprimer, et une pour simplement le supprimer).

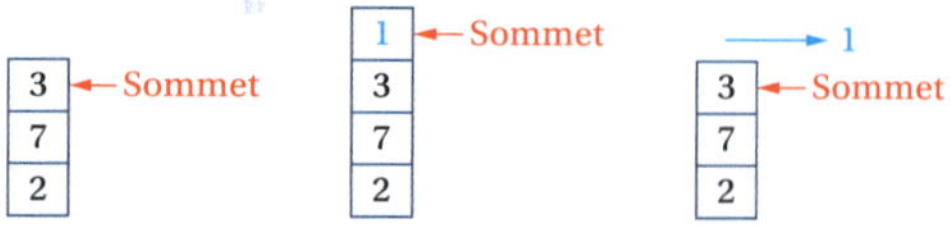

Pile contenant 2,7 et 3 — Empilement de la valeur 1 — Dépilement du sommet

IV Files

Une **file** (*queue* ou FIFO pour *first in, first out*) est une collection d'objets munie des opérations suivantes :
– savoir si la file est vide (`is_empty`) ;
– ajouter un élément dans la file (`enfiler` ou `enqueue`) en temps constant ;
– retirer et renvoyer l'élément le plus ancien de la file (`defiler` ou `dequeue`).

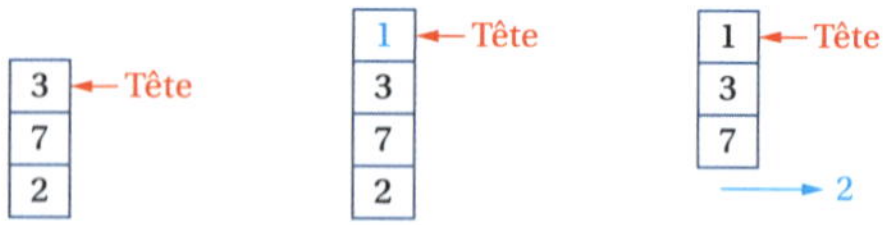

File contenant 2,7 et 3 — Ajout de la valeur 1 — Retrait d'un élément

V Tableaux associatifs

Un **tableau associatif** est un type abstrait qui associe des valeurs à des clés et est muni des opérations suivantes :
– ajout d'une nouvelle valeur associée à une nouvelle clé ;
– modification de la valeur associée à une clé existante ;
– suppression d'une clé et de la valeur associée ;
– récupération de la valeur associée à une clé donnée.

Un tableau associatif pourrait par exemple associer les valeurs « couples prénom/nom » aux clés « numéro de sécurité sociale », la contrainte étant que chaque clé doit être unique dans le tableau associatif.

Implémentation des files

15

☐ OK

I Implémentation à base de listes Python

- Le code suivant, à base de liste Python, implémente l'interface définie ▶ FICHE 14, mais ne respecte pas les contraintes de complexité. En effet, l'opération dequeue s'exécute en temps linéaire en la longueur de la liste car les listes Python ne permettent pas la suppression de leur premier élément en temps constant.
- Les concepts de programmation orientée objet utilisés ici sont introduits ▶ FICHE 12.

```
class Queue:
    def __init__(self):
        self.data = []

    def is_empty(self):
        return not bool(self.data)

    def enqueue(self, value):
        self.data.append(value)

    def dequeue(self):
        return self.data.pop(0)

f = Queue()
f.enqueue("Premier arrivé")
f.enqueue("Deuxième")
print(f.dequeue())
f.enqueue("Troisième")
while not f.is_empty():
    print(f.dequeue())
```

Résultat :

```
Premier arrivé
Deuxième
Troisième
```

Remarque

Les files d'attente sont très utilisées en informatique : mémoriser des transactions en attente d'accès à une base de données, gérer la file des impressions en attente d'un système d'impression... Nous les retrouverons ▶ FICHE 18 À 20 dans les algorithmes de parcours en largeur des arbres.

II Implémentation avec une liste chaînée

Une **liste chaînée double** (*double-ended queue* en anglais) est une liste chaînée qui contient aussi une référence vers le dernier élément de la liste. La suppression en tête de liste et l'ajout en fin de liste sont alors en temps constant. La classe `Node` permet de modéliser les éléments de la liste chaînée.

```
class Node:
    def __init__(self, data, next_node=None):
        self.data = data
        self.next_node = next_node

class Queue:
    def __init__(self):
        self._first = None
        self._last = None

    def is_empty(self):
        return self._first is None

    def enqueue(self, value):
        new_node = Node(value)
        if self._last is None:
            self._first = new_node
        else:
            self._last.next_node = new_node
        self._last = new_node

    def dequeue(self):
        if self._first is None:
            raise RuntimeError("Empty Queue")
        value = self._first.data
        self._first = self._first.next_node
        if self._first is None:
            self._last = None
        return value

f = Queue()
f.enqueue("Premier arrivé")
f.enqueue("Deuxième")
print(f.dequeue())
f.enqueue("Troisième")
while not f.is_empty():
    print(f.dequeue())
```

La manière d'utiliser la file est exactement la même dans les deux implémentations : on peut les échanger sans retoucher le code principal.

Structures de données Python

16

☐ OK

I Tableaux dynamiques et piles : list

1 Tableaux dynamiques

Le type list de Python ne s'apparente pas aux listes chaînées ▶ FICHE 14, car la suppression ou l'ajout ailleurs qu'en fin de liste nécessite de décaler les valeurs de fin de liste, et n'est donc pas réalisé en temps constant. D'autre part, l'accès à un élément quelconque est réalisé en temps constant, ce qui n'est pas le cas avec une liste chaînée. Le type list de Python correspond donc plutôt à un **tableau dynamique**.

À noter

Avec une list Python, l'ajout et la suppression ailleurs qu'en fin de liste ne sont pas réalisés en temps constant.

2 Piles

Le type list Python contient tout ce qu'il faut pour implémenter une pile ▶ FICHE 14. Le code est suffisamment simple pour ne pas nécessiter l'écriture d'une nouvelle classe (le push de la pile correspond à append).

```
pile = []
pile.append("3")
pile.append("2")
pile.append("1")
while pile:
    print(pile.pop())
```

Résultat :

```
1
2
3
```

II Tableau associatif : dict

- Le type dict de Python ▶ FICHES BAC NSI 1re, FICHE 17 est une implémentation du type abstrait **tableau associatif** ▶ FICHE 14. L'implémentation correspond à une table de hachage, ce qui signifie que la valeur est stockée dans un tableau et que la position dans ce tableau dépend du résultat d'une fonction de hachage appliquée à la clé. En un temps indépendant du nombre de valeurs stockées dans le dictionnaire, Python peut retrouver la valeur associée à n'importe quelle clé : pour cela il calcule un indice à partir de la valeur de la clé (qui doit donc être hachable, c'est-à-dire récursivement non mutable) et récupère la valeur stockée à cet indice dans un tableau.

- Une caractéristique essentielle des dictionnaires est que la récupération d'une valeur associée à une clé se fait en un temps constant, indépendant de la taille du dictionnaire. De même, savoir si une clé fait partie du dictionnaire prend un temps constant (alors que vérifier si un élément est dans une liste prend un temps proportionnel à la taille de la liste).

III Ensemble : `set`

Un ensemble Python (`set`) est équivalent à un dictionnaire ne contenant que des clés. Par construction, chaque élément est donc unique. De plus, avec le type `set` on dispose déjà des opérations ensemblistes habituelles, implémentées de manière très efficace : union, intersection, différence...

IV File : `collections.deque`

- Nous avons présenté deux implémentations (dont une imparfaite) de la structure de file ▶ FICHE 15, qui ne peuvent pas être implémentées correctement avec une simple liste python, contrairement à la structure de pile (voir plus haut).
- La bibliothèque standard possède toutefois un module nommé `collections` qui contient quelques structures de données supplémentaires, dont le type deque, qui est une implémentation de file :

```
from collections import deque
f = deque()
f.append("Premier arrivé")
f.append("Deuxième")
print(f.popleft())
f.append("Troisième")
while f:
    print(f.popleft())
```

À noter

Attention à ne pas confondre le type deque (*double-ended queue*) avec le verbe *dequeue* (défiler) !

Résultat :

```
Premier arrivé
Deuxième
Troisième
```

- Avec le type deque, les opérations d'ajout et de suppression dans la file sont toutes deux réalisées en temps constant.

Quiz EXPRESS

17

Avez-vous bien révisé les fiches 14 à 16 ? On vérifie !

1 Types abstraits

▶ FICHE 14

1. Quelle opération ne fait pas partie de l'interface d'une file ?

☐ **a.** ajouter un élément à la file

☐ **b.** retirer l'élément le plus récent de la file

☐ **c.** retirer l'élément le plus ancien de la file

2. L'opération `dequeue` d'une file s'exécute en un temps qui est proportionnel au nombre de valeurs stockées dans la file.

☐ **a.** Faux ☐ **b.** Vrai

2 Implémentations

▶ FICHE 15

1. Pour que deux implémentations du même type abstrait soient interchangeables, il faut que :

☐ **a.** la complexité en temps soit la même dans les deux cas

☐ **b.** l'interface de la structure de données soit la même dans les deux cas

☐ **c.** les deux implémentations soient parfaitement identiques

2. Sur un objet de type `list` Python, quelles opérations sont faites en un temps indépendant de la longueur de la liste ?

☐ **a.** ajouter un élément au début (en position 0)

☐ **b.** ajouter un élément à la fin

☐ **c.** accéder à un élément connaissant son indice

3 Structures de données Python

▶ FICHE 16

1. Pour implémenter une pile avec Python, on peut se servir d'un type de données disponible dans le langage :

☐ **a.** le type `list` ☐ **b.** le type `dict` ☐ **c.** le type `set`

2. Accéder à une valeur dans un dictionnaire à partir de la clé à laquelle la valeur est associée est réalisé :

☐ **a.** en un temps proportionnel à la taille du dictionnaire

☐ **b.** en un temps constant

CORRIGÉS

1 Types abstraits

1. Réponse b.

Dans une file, c'est le premier élément ajouté qui part le premier (comme dans une file d'attente).

2. Réponse a.

Le temps mis pour retirer l'élément le plus ancien (*dequeue*, défiler) est constant et indépendant de la taille de la file.

2 Implémentations

1. Réponse b.

Il suffit que les deux interfaces soient identiques pour qu'on puisse remplacer l'implémentation d'une structure de données par une autre. Une des deux implémentations peut toutefois être plus efficace.

2. Réponses b et c.

L'ajout et la suppression en fin de liste Python sont faits en temps constant alors que l'ajout ou la suppression en début de liste nécessite de décaler les valeurs et s'effectue en un temps qui dépend de la longueur de la liste.

3 Structures de données Python

1. Réponse a.

Pour implémenter une pile, il faut disposer des opérations push et pop s'exécutant en temps constant. C'est exactement ce que font les méthodes append et pop sur une liste Python.

2. Réponse b.

C'est tout l'intérêt des dictionnaires Python de pouvoir accéder à une valeur, à partir de la clé, en temps constant.

Définition des arbres

☐ OK

I Arbres quelconques

1 Définition d'un arbre enraciné

Un **arbre enraciné** (ou arborescence) est constitué de **nœuds** organisés de manière hiérarchique : c'est un graphe non orienté ▶ FICHE 22, connexe, sans cycle dans lequel on a choisi un nœud particulier appelé la **racine**. Chaque nœud peut être **étiqueté** par une information.

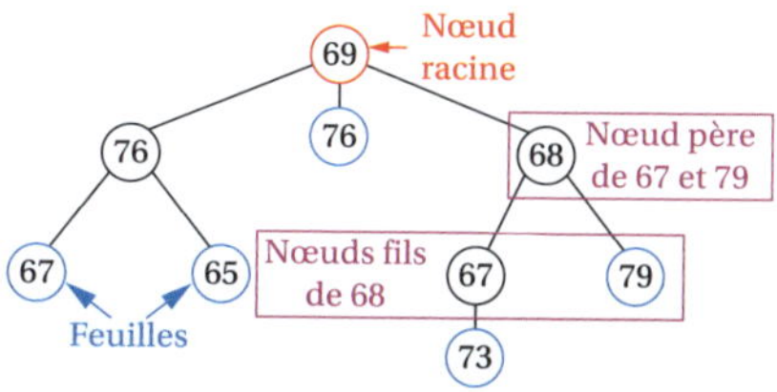

DOC. 1. **Arbre enraciné, étiqueté par des nombres entiers**

2 Caractéristiques d'un arbre

- Dans un arbre, chaque nœud a exactement un seul **nœud père**, à l'exception de l'unique nœud racine qui n'en a pas. Chaque nœud peut avoir un nombre arbitraire de **fils**, dont il est le père.
- La **taille** d'un arbre est son nombre de nœuds (9 sur le document 1).
- Les nœuds qui n'ont pas de fils sont appelés les **feuilles** ou **nœuds externes**. Les autres sont des **nœuds internes**.
- **L'arité** d'un nœud est son nombre de fils. Deux nœuds ayant le même père sont dits nœuds **frères** (nœuds 67 et 79 sur le document 1).
- La **profondeur d'un nœud** est la longueur du chemin le plus court vers la racine (la racine a donc pour profondeur 0). La **hauteur** d'un arbre est la profondeur du nœud le plus profond (0 s'il est réduit à la racine et, par convention, –1 si l'arbre est vide). L'arbre du document 1 a pour hauteur 3.

À noter

La hauteur d'un arbre est parfois définie différemment, telle que la hauteur de l'arbre vide soit 0 et celle de l'arbre réduit à une racine soit 1.

II Arbres binaires

1 Définitions

- Un **arbre binaire** est un arbre dont chaque nœud a au plus deux fils généralement ordonnés : le fils gauche et le fils droit.
- Un arbre binaire est **équilibré** si, pour chaque nœud interne, les sous-arbres gauche et droit ont une hauteur qui diffère de 1 au plus.
- Un arbre binaire est **complet** (à gauche) si tous ses niveaux sont remplis, sauf éventuellement le dernier (et que les feuilles du dernier niveau sont tassées à gauche).

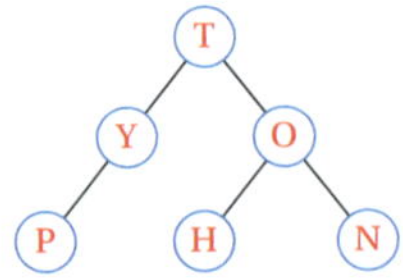

DOC. 2. Arbre binaire enraciné, étiqueté avec des lettres

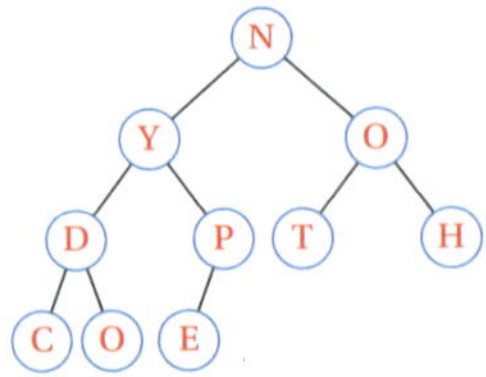

DOC. 3. Arbre binaire complet à gauche

Attention !

Les qualificatifs **complet** ou **équilibré**, pour un arbre binaire, ont des définitions variables, soyez attentif !

2 Parcours d'un arbre binaire

- Un **parcours d'arbre** définit dans quel ordre on parcourt ses nœuds.
- Pour parcourir un arbre en **largeur d'abord**, on procède étage par étage : la racine, puis ses fils, puis ses petits-fils… jusqu'aux feuilles. À chaque étage, les nœuds sont parcourus de gauche à droite. *Exemple* : sur l'arbre du document 2, on obtient T–Y–O–P–H–N.
- Pour parcourir un arbre en **profondeur d'abord**, on termine l'exploration du premier sous-arbre avant de commencer celle du second.

On distingue trois types de parcours :

- Dans un parcours **préfixe**, ou **préordre**, chaque nœud est visité avant que ses fils le soient. On part de la racine, puis on visite le fils gauche, puis le fils droit. *Exemple* : sur le document 2, T–Y–P–O–H–N.
- Dans un parcours **infixe**, ou **en ordre**, chaque nœud est visité après son fils gauche mais avant son fils droit (fils gauche, racine, fils droit). *Exemple* : sur le document 2, P–Y–T–H–O–N.
- Dans un parcours **postfixe**, ou **postordre**, chaque nœud est visité après que ses fils le soient (fils gauche, fils droit, racine). *Exemple* : sur le document 2, P–Y–H–N–O–T.

Implémentation des arbres binaires

19

☐ OK

I Programmation orientée objet

1 Définition

- En s'inspirant de la définition récursive d'un arbre ▶ FICHE 18 (un arbre est composé d'un nœud et de deux sous-arbres gauche et droit), on peut définir un arbre binaire ainsi :

```
class BinTree:
    def __init__(self, data, left=None, right=None):
        self._data = data # Étiquette
        self._left = left # Sous-arbre gauche ou None
        self._right = right # Sous-arbre droit ou None

    def set_left(self, left=None):
        self._left = left

    def left(self):
        return self._left

    def set_right(self, right=None):
        self._right = right

    def right(self):
        return self._right

    def set_data(self, data):
        self._data = data

    def data(self):
        return self._data
```

À noter

La notion de ***properties*** en Python (non couverte ici) pourrait permettre d'écrire plus simplement les méthodes d'accès et de modification des données de l'objet.

- Abusivement, un arbre binaire vide est ici représenté par la valeur `None` (qui n'est donc pas de type `BinTree`).

2 Taille

Les différentes opérations peuvent être implémentées (de manière récursive dans les deux cas) comme des fonctions ou des méthodes :

```
class BinTree:
    def size(self) -> int:
        total = 1
```

```
        for child in (self._left, self._right):
            if child is not None:
                total += child.size()
        return total
```

3 Parcours

La fonction récursive suivante réalise un parcours préfixe et affiche les étiquettes.

```
def prefixe(arbre):
    if arbre is None:
        return
    print(arbre.data())
    prefixe(arbre.left())
    prefixe(arbre.right())
```

Les parcours infixe et postfixe ▶ FICHE 18 sont obtenus en permutant l'ordre des trois dernières lignes de la procédure.

II Implémentation à partir de tuples (ou listes)

- La possibilité d'imbriquer des tuples permet de représenter assez simplement des arbres binaires. Il est tout à fait possible d'utiliser des listes, même si ces dernières sont plutôt réservées à des collections d'objets de même type ▶ FICHES BAC NSI 1re FICHE 16.

- Un arbre vide est représenté par un tuple vide. Chaque nœud est un tuple de 3 valeurs contenant dans l'ordre :
  - l'étiquette du nœud ;
  - le sous-arbre gauche (un tuple éventuellement vide) ;
  - le sous-arbre droit (un tuple éventuellement vide).

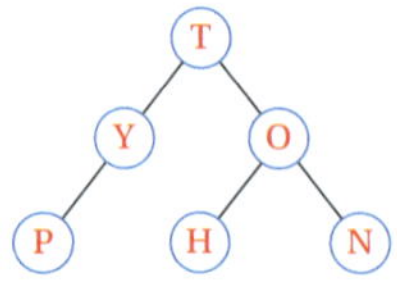

Exemple : Correspondance entre un arbre et l'implémentation à base de tuples :

```
('T', ('Y', 'P', ()), ('O', ('H', (), ()), ('N', (), ())))
```

- Avec ce type de représentation, le **calcul de la taille** d'un arbre est aussi réalisé de manière récursive :

```
def size(arbre) -> int:
    if len(arbre) == 0: # vide
        return 0
    return 1+size(arbre[1])
            +size(arbre[2])
```

À noter

En Python, un conteneur vide est évalué à `False`. Ainsi, le test `if` peut s'écrire : `if not arbre`.

Utilisation des arbres

20

☐ OK

I Tas binaire

- Un **tas binaire** est un arbre binaire complet à gauche, tel que le nœud racine porte une donnée supérieure à celle de tous les autres nœuds et tel que ses deux sous-arbres soient aussi des tas. L'arbre est alors un **tas-max**.
- Un **tas-min** a la même structure, mais chaque nœud porte une information plus petite que tous ses descendants.
- La structure de tas binaire est utilisée : dans un algorithme de tri efficace, le tri par tas ; dans la gestion des files de priorité.

II Arbres binaires de recherche

- Un arbre binaire de recherche est un arbre binaire étiqueté avec des **clés** tel que :
  – les clés du sous-arbre gauche sont inférieures ou égales à celle de la racine ;
  – les clés du sous-arbre droit sont strictement supérieures à celle de la racine ;
  – les deux sous-arbres sont eux-mêmes des arbres binaires de recherche.

À noter

Plutôt qu'à gauche, l'égalité pourrait être permise à droite.

- Les arbres binaires de recherche permettent de rechercher un élément dans un arbre de n nœuds en temps $O(h)$ où h est la hauteur de l'arbre binaire de recherche. Si l'arbre est équilibré, on a $h \approx \log_2(n)$ et la recherche a une complexité en temps logarithmique. Attention ! Un arbre de recherche déséquilibré peut avoir une complexité seulement linéaire.

III Arbres de jeu

- Un arbre de jeu permet de représenter toutes les positions et tous les coups possibles d'un jeu à l'aide d'un arbre (pas forcément binaire).
- Voici un exemple de jeu (famille des jeux de Nim) : on dispose 5 allumettes. Chacun son tour, chaque joueur peut en prendre une ou deux. Celui qui prend la dernière gagne.

- L'état du jeu est défini par le nombre d'allumettes restantes et le nom du prochain joueur.

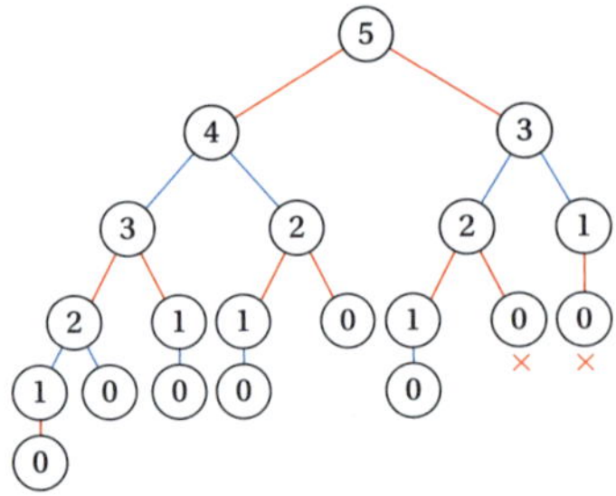

Dans l'arbre des parties possibles, les nœuds indiquent le nombre d'allumettes restantes, la couleur de l'arête correspond au joueur qui doit jouer (rouge ou bleu, c'est le rouge qui commence).

- L'analyse de cet arbre montre que les deux joueurs ont chacun 4 possibilités de gagner, mais que le joueur rouge a une stratégie gagnante car, avec ses choix, il peut forcer l'arrivée sur un des deux nœuds marqués d'une croix, ce que le joueur bleu ne pourra pas empêcher.

IV Arbres d'expressions arithmétiques

- Les quatre opérations +, –, × et ÷ sont des opérations binaires. Une expression ne comportant que ces opérations peut être représentée sous forme d'arbre binaire comportant deux sortes de nœuds : les nœuds internes sont des opérateurs et les feuilles sont des nombres.

- Dans un tel arbre, l'arrangement des nœuds joue le rôle des parenthèses auxquelles nous sommes habituées. Ainsi, l'arbre ci-contre représente l'expression $(6 \times 8) - (2 + 4)$.

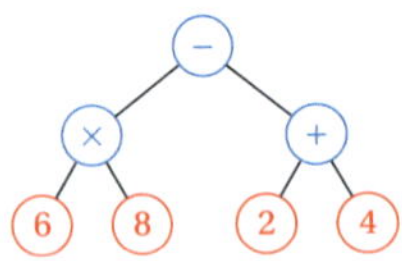

V Arbres syntaxiques

Comme tous les langages informatiques, Python dispose d'une *grammaire* qui indique comment former des programmes corrects. Lorsque l'interpréteur Python lit du code source, il construit tout d'abord l'arbre syntaxique du code. En simplifiant un peu, le code source suivant pourrait être représenté par l'arbre ci-contre. Tous les traitements subséquents du code sont faits à partir de cet arbre.

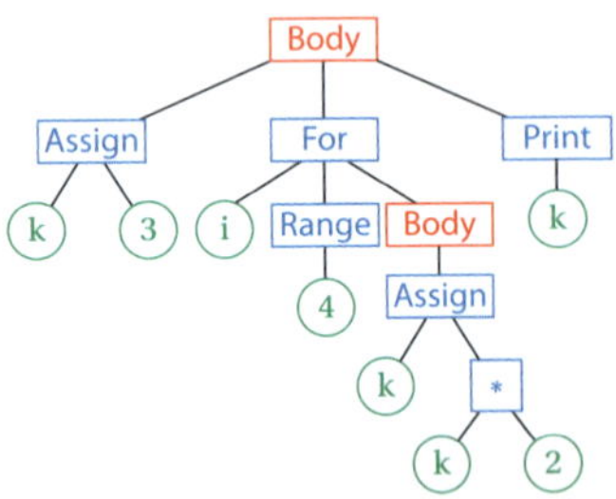


```
k = 3
for i in range(4):
    k = k * 2
print(k)
```

Quiz EXPRESS 21

Avez-vous bien révisé les fiches 18 à 20 ? On vérifie !

1 Mesurer les arbres

▶ FICHE 18

On considère l'arbre non étiqueté ci-contre :

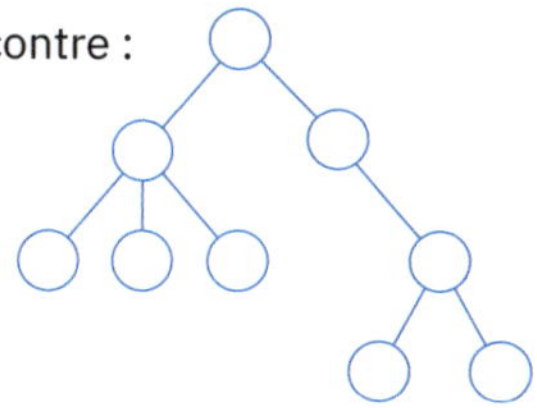

1. Quelle est sa hauteur ?

☐ **a.** 9 ☐ **b.** 3 ☐ **c.** 2 ☐ **d.** 8

2. Quel est l'arité maximale parmi les nœuds de l'arbre ?

☐ **a.** 1 ☐ **b.** 2 ☐ **c.** 3 ☐ **d.** 4

2 Parcourir un arbre binaire

▶ FICHE 18

On considère l'arbre binaire ci-contre étiqueté par des entiers.

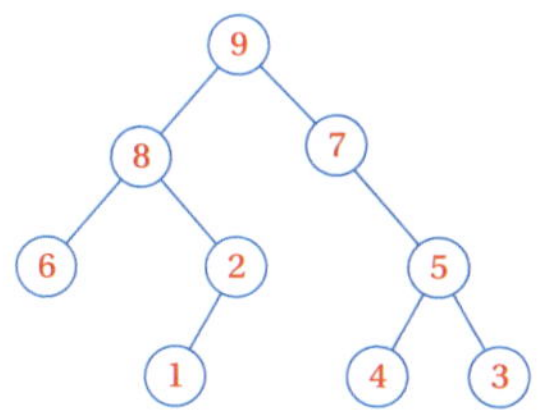

1. Dans quel ordre seront examinés les nœuds lors d'un parcours en largeur ?

☐ **a.** 6–1–2–8–4–3–5–7–9

☐ **b.** 9–8–7–6–2–5–1–4–3

☐ **c.** 6–8–1–2–9–7–4–5–3

☐ **d.** 9–8–6–2–1–7–5–4–3

2. Dans quel ordre seront examinés les nœuds lors d'un parcours préfixe ?

☐ **a.** 6–1–2–8–4–3–5–7–9 ☐ **b.** 9–8–7–6–2–5–1–4–3

☐ **c.** 6–8–1–2–9–7–4–5–3 ☐ **d.** 9–8–6–2–1–7–5–4–3

3 Reconnaître les arbres binaires

▶ FICHE 20

Parmi les arbres binaires suivants, lequel est un arbre binaire de recherche ?

☐ **a.**

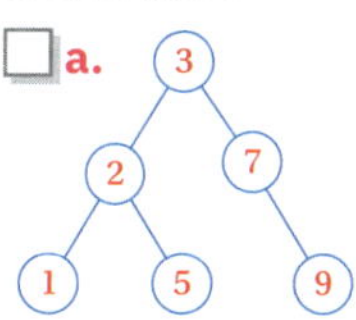

☐ **b.**

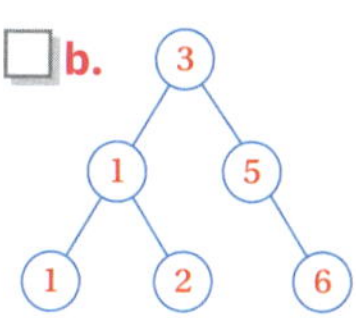

☐ **c.**

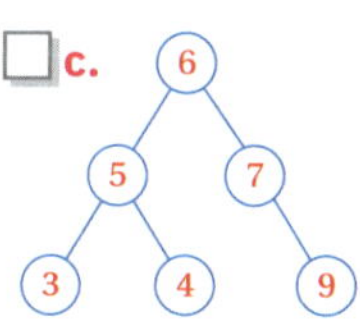

CORRIGÉS

1 Mesurer les arbres

1. Réponse b. La hauteur de l'arbre est la longueur du chemin entre la racine et la feuille la plus éloignée. On peut compter la longueur des chemins en nombre de nœuds empruntés, ou en nombre d'arêtes. Dans cet ouvrage, nous avons fait le choix de compter le nombre d'arêtes. La hauteur est donc ici 3.

2. Réponse c. L'arité d'un nœud est son nombre de fils. L'arbre proposé possède un nœud à trois fils.

2 Parcourir un arbre binaire

1. Réponse b. Dans un parcours en largeur, on lit les nœuds de gauche à droite, étage par étage, en partant de la racine.

2. Réponse d. Dans un parcours préfixe, on commence par lire la racine, puis le sous-arbre gauche (en préfixe), puis le sous-arbre droit (en préfixe).

À noter

Dans un parcours infixe, on commencerait par lire le sous-arbre gauche, puis la racine, et enfin le sous-arbre droit, ce qui donnerait : 6 – 8 – 1 – 2 – 9 – 7 – 4 – 5 – 3.
Dans un parcours postfixe, la racine serait lue en dernier, après les sous-arbres gauche et droit, ce qui donnerait : 6 – 1 – 2 – 8 – 4 – 3 – 5 – 7 – 9.

3 Reconnaître les arbres binaires

Réponse b. Dans un arbre binaire de recherche, les valeurs du sous-arbre gauche doivent toutes être plus petites que la racine. Ce n'est pas le cas pour l'arbre **a** ($5 > 3$). De plus, chaque sous-arbre doit aussi être un arbre binaire de recherche, ce qui n'est pas le cas de **c** ($4 < 5$ alors que 4 est le fils droit de 5).

À noter

Dans un arbre binaire de recherche, la feuille qui porte la plus petite valeur est nécessairement au bout de la branche la plus à gauche.
Inversement, celle qui porte la plus grande valeur est nécessairement au bout de la branche la plus à droite.

Vocabulaire des graphes

22

☐ OK

I | Exemples de graphes et définitions

- On appelle **graphe** la donnée d'un ensemble fini V de points (ou **sommets**, ou *vertices* en anglais) et d'un ensemble E de liens entre ces points.
- Exemples de réseaux pris dans la vie courante : représentation schématique du réseau Internet ; des personnes suivent d'autres personnes ; distances entre villes par la route.

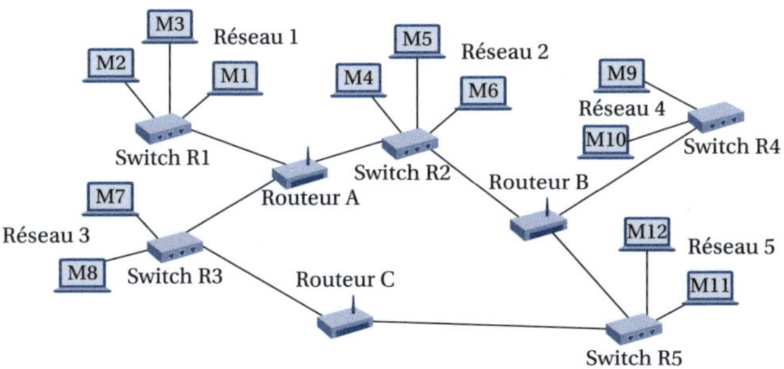

Réseau Internet

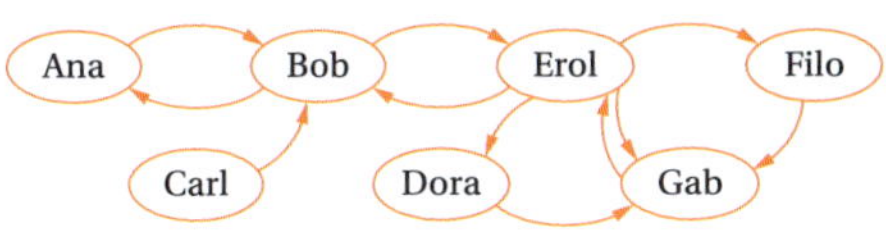

Réseau social

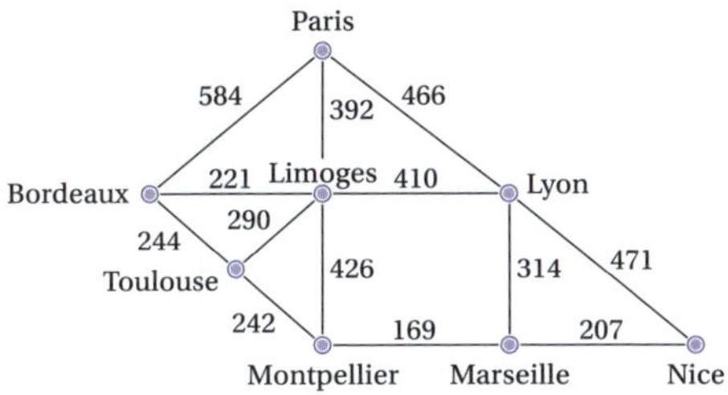

Réseau routier

- Ces liens sont le choix d'un sommet s_1 de départ et d'un sommet s_2 d'arrivée. Lorsque les liens sont symétriques, c'est-à-dire lorsque l'existence d'un lien de s_1 vers s_2 implique l'existence d'un lien de s_2 vers s_1, le graphe est dit non orienté (les liens sont représentés par de simples lignes, premier exemple). Dans le cas contraire, on parle de graphe orienté (les liens sont représentés par des flèches, deuxième exemple).
- Des poids peuvent être associés aux liens d'un graphe (orienté ou non), par exemple pour représenter la distance, le temps ou le coût nécessaires pour passer d'un état à un autre. On parle alors de graphe pondéré (troisième exemple).
- On appelle ordre d'un graphe son nombre de sommets.

II Vocabulaire des graphes non orientés

- Les liens d'un graphe non orienté s'appellent des arêtes (*edges* en anglais).

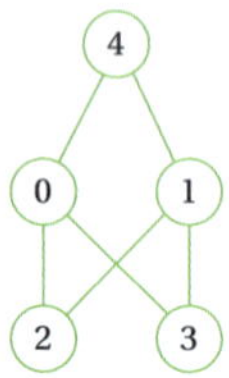

- Une chaîne est une suite (finie) consécutive d'arêtes sur un graphe non orienté. Par exemple 0,3,1,2 est une chaîne sur le graphe ci-contre.
- Lorsqu'un graphe non orienté est « en un seul morceau », c'est-à-dire lorsqu'il existe pour tous sommets s_1 et s_2 une chaîne les reliant, le graphe est dit connexe. C'est le cas du graphe ci-contre, mais *a contrario* pas du réseau routier mondial.
- Lorsqu'une chaîne mène d'un sommet s à lui-même, on parle de cycle. Par exemple le chemin 0,4,1,2,0 est un cycle.

III Vocabulaire des graphes orientés

- Les liens d'un graphe orienté s'appellent des arcs.
- Un chemin est une suite (finie) consécutive d'arcs sur un graphe orienté. Par exemple 0,2,3 est un chemin sur le graphe ci-contre.

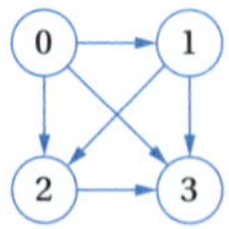

- Un graphe orienté est dit connexe si le graphe non orienté associé, obtenu en transformant les arcs de ce graphe en arêtes, est connexe (le graphe ci-contre est connexe).
- Lorsqu'il existe pour tous sommets s_1 et s_2 un chemin les reliant, le graphe est dit fortement connexe. Le graphe ci-contre n'est pas fortement connexe car il n'existe pas de chemin menant de 3 à 2.

Représentations d'un graphe

23

☐ OK

I | Matrice d'adjacence

- Une **matrice** est un tableau de nombres. Elle peut être représentée en machine simplement par une liste de listes. Si on note `mat` une matrice, l'élément qui est en i-ième ligne et en j-ième colonne est accessible en Python à l'aide de `mat[i][j]`.
- Un graphe peut être représenté par une **matrice d'adjacence** : s'il y a un lien depuis le sommet i vers le sommet j, on pose `mat[i][j] = 1` et si il n'y en a pas on pose `mat[i][j] = 0`. *Exemple* : graphes et leur matrice d'adjacence.

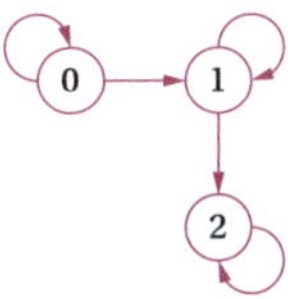

$$M_1 = \begin{pmatrix} 1 & 1 & 0 \\ 0 & 1 & 1 \\ 0 & 0 & 1 \end{pmatrix}$$

Graphe 1

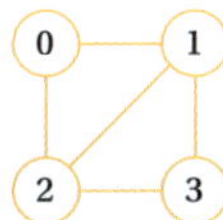

$$M_2 = \begin{pmatrix} 0 & 1 & 1 & 0 \\ 1 & 0 & 1 & 1 \\ 1 & 1 & 0 & 1 \\ 0 & 1 & 1 & 0 \end{pmatrix}$$

Graphe 2

- Lorsqu'un graphe est non orienté sa matrice d'adjacence est symétrique : on a toujours $m_{i,j} = m_{j,i}$.
- Exemple d'une classe `GrapheM` s'appuyant sur la représentation par matrice d'adjacence (`g1` correspond au graphe 1 ci-dessus) :

```python
class GrapheM:
    def __init__(self, mat):
        self.m = mat

    def est_lie(self, i, j):
        return self.m[i][j] == 1

    def est_symetrique(self):
        for i in range(len(self.m)):
            for j in range(len(self.m[0])):
                if self.m[i][j] != self.m[j][i]:
                    return False
        return True

m1 = [[1, 1, 0], [0, 1, 1], [0, 0, 1]]
g1 = GrapheM(m1)
```

II Liste des voisins

- Pour représenter un graphe, on peut également, pour chacun de ses sommets, donner la liste des sommets auxquels il est relié. Lorsque le graphe est non orienté, on parle de **liste de voisins**. Lorsqu'il est orienté, on peut décider de représenter un graphe par la **liste de ses successeurs** ou, lorsque les problèmes que l'on étudie rendent cette représentation plus adaptée, par la liste de ses prédécesseurs.
- Nous choisirons de coder ici les sommets avec des nombres (de 0 à $n-1$, où n est l'ordre du graphe) et les listes de successeurs avec des listes, ce qui facilite le passage d'une liste de voisins à la matrice d'adjacence. Il est également possible de coder les listes de successeurs avec des dictionnaires, ce qui permet d'étiqueter les graphes.
- Voici un exemple de classe simple implémentant la représentation par liste de successeurs (g2 et g3 correspondent aux graphes 1 et 2 précédents) :

```
class GraphLS:
    def __init__(self, lst):
        self.lst = lst

    def est_lie(self, i, j):
        return j in self.lst[i]

    def graph_to_matrix(self):
        n = len(self.lst)
        mat = [] # Création de la matrice
        for i in range(n):
            lst = [0 for i in range(n)] # Création de
            #la i-ième sous-liste ; n zéros
            for x in self.lst[i]:
                lst[x] = 1 # Il y a un arc de i vers x
            mat.append(lst)
        return mat

lst_som1 = [[0, 1], [1, 2], [2]]
g2 = GraphLS(lst_som1)

lst_som2 = [[1, 2], [0, 2, 3], [0, 1, 3], [1, 2]]
g3 = GraphLS(lst_som2)

print(g2.est_lie(0, 2))
print(g2.graph_to_matrix())
print(g3.graph_to_matrix())
```

Parcours de graphes
Algorithme de Dijkstra

24

☐ OK

I Parcours en largeur et en profondeur

- On part d'un sommet du graphe, déterminé à l'avance, puis on explore les sommets atteignables depuis celui-ci en respectant un ordre de traitement des sommets imposés par le type de parcours qu'on effectue. Cette procédure peut être réitérée depuis un autre sommet.

- Considérons, par exemple, le graphe ci-contre orienté et prenons A comme sommet de départ. Par convention, on explore les voisins dans l'ordre alphabétique.

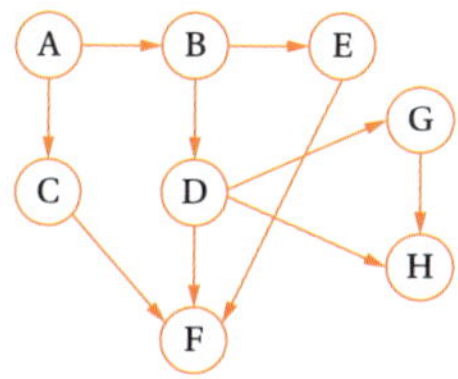

Deux stratégies de parcours sont envisageables :
– le **parcours en largeur** (BFS en anglais pour *breadth first search*) où on explore en priorité tous les voisins de A puis tous les voisins des voisins de A, etc. Cela donne ici le parcours ABCDEFGH ;
– le **parcours en profondeur** (DFS en anglais pour *depth first search*) où on explore en priorité les voisins du premier voisin de A puis récursivement ses voisins respectifs. Cela donne ici le parcours ABDGHEFC.

II Algorithme de Dijkstra

On considère un graphe non orienté pondéré avec des poids positifs. L'**algorithme de Dijkstra** permet de trouver à partir d'un sommet `i` de départ fixé à l'avance les plus courts chemins menant à tout sommet accessible depuis `i`.

1 Fonctionnement de l'algorithme

- On construit et on initialise trois listes :
• la liste des sommets déjà explorés `lst_e = []` ;
• la liste des sommets atteignables par une arête depuis un sommet déjà exploré et qui n'ont pas encore été explorés : `lst_v = [i]` ;
• la liste des distances à `i` et des pères (sommets permettant d'accéder de manière optimale au sommet cible) `lst_d`. Initialement, `lst_d` est composée de n fois `[float.inf, None]` sauf `lst_d[i] = [0, None]`. La valeur `float.inf` est utilisée pour dénoter un sommet qui n'est pas encore accessible, elle est plus grande que tout nombre, permettant des comparaisons aisées.

- Tant que lst_v n'est pas vide, on sélectionne le sommet s de lst_v qui a la plus courte distance à i parmi les sommets de lst_v. On supprime ce sommet de lst_v et on l'ajoute à lst_e.
- Pour chaque voisin v de s on regarde s'il est dans lst_v. Si ce n'est pas le cas, on l'y ajoute et on met à jour lst_d :

```
lst_d[v] = [lst_d[s][0] + distance(s, v), s]
```

S'il est présent dans lst_v, on regarde si lst_d[s][0] + distance(s, v) est inférieur à lst_d[v][0] auquel cas on remet à jour de la même façon lst_d. Lorsque lst_v est vide l'algorithme s'arrête.
- On connaît alors la plus courte distance de i à tout sommet accessible et, en remontant dans l'ordre les pères, on peut reconstituer le chemin qui a cette longueur.

2 Lecture du résultat sur un exemple

- Le graphe suivant représente les distances entre plusieurs villes.

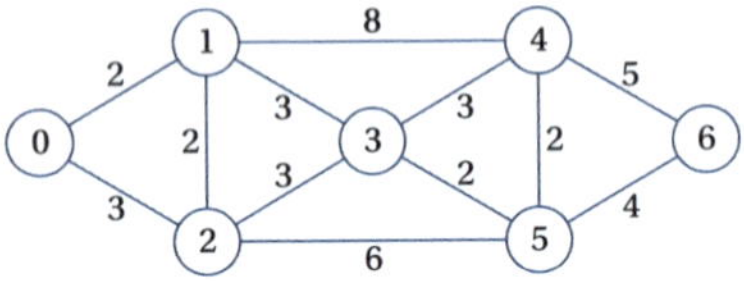

- On applique l'algorithme (None est noté N et +∞ est noté inf) :

lst_v	lst_e	s	0	1	2	3	4	5	6
(init)	[]		0,N	inf, N	inf, N	inf, N	inf, N	inf, N	inf, N
[0]	[]	0	0,N	2,0	3,0	inf, N	inf, N	inf, N	inf, N
[1,2]	[0]	1	0,N	2,0	3,0	5,1	10,1	inf, N	inf, N
[2,3,4]	[0,1]	2	0,N	2,0	3,0	5,1	10,1	9,2	inf, N
[3,5]	[0,1,2]	3	0,N	2,0	3,0	5,1	8,3	7,3	inf, N
[4,5]	[0,1,2,3]	5	0,N	2,0	3,0	5,1	8,3	7,3	11,5
[4,6]	[0,1,2,3,5]	4	0,N	2,0	3,0	5,1	8,3	7,3	11,5
[6]	[0,1,2,3,5,4]	6	0,N	2,0	3,0	5,1	8,3	7,3	11,5

- Le plus court chemin de 0 à 6 s'obtient en « remontant » les sommets prédécesseurs depuis 6 : on arrive à 6 depuis 5 ; lui-même précédé de 3 ; lui-même précédé de 1 ; lui-même précédé de 0 : le chemin est donc 0-1-3-5-6.

Implémentation et applications des parcours de graphes

25

☐ OK

I Parcours en profondeur

- Pour effectuer le parcours d'un graphe en profondeur nous utilisons une structure de pile ▶ FICHE 14. Cette pile contient initialement le sommet de départ. Tant qu'elle n'est pas vide, nous dépilons son sommet et regardons s'il a déjà été exploré. Si ce n'est pas le cas, nous le rajoutons à la liste des sommets déjà visités (initialement vide) et empilons tous ses voisins. Lorsque la pile est vide, la liste des sommets visités donne le parcours en profondeur du graphe.
- Nous utilisons la classe `GrapheLS` ▶ FICHE 23. Une liste `vus` contient les sommets déjà visités, une liste `parc` donne le parcours effectué. La structure de pile est modélisée avec une liste `voisins`. Le sommet de la pile est le dernier élément de la liste, de sorte à pouvoir le supprimer en temps constant. Les voisins sont empilés à l'envers, de sorte que le premier voisin est en fin de la liste `voisins` ; ceci est réalisé en inversant la liste des voisins du sommet exploré à l'aide de la méthode `lst.reverse()`.

```
def profondeur(self, dep):
    n = len(self.lst)
    vus = [False] * n
    vus[dep] = True
    voisins = self.lst[dep]
    voisins.reverse()
    parc = [dep]
    while voisins: # Il reste des sommets
        explore = voisins.pop()
        if not vus[explore]:
            parc.append(explore)
            vus[explore] = True
            v = self.lst[explore]
            v.reverse()
            voisins.extend(v)
    return parc
```

- Le parcours en profondeur permet de trouver la composante connexe d'un sommet (tous ses sommets accessibles). Il est également utilisé pour répondre au problème du tri topologique d'un graphe orienté, qui permet de donner un ordre dans lequel peuvent être effectuées des tâches dont la réalisation dépend d'autres tâches.

II Parcours en largeur

- Pour effectuer le parcours d'un graphe en largeur, nous utilisons une structure de file ▶ FICHES 14 ET 15.

Cette file contient initialement le sommet de départ. Tant qu'elle n'est pas vide, nous traitons le premier sommet et regardons s'il a déjà été exploré. Si ce n'est pas le cas, nous le rajoutons à la liste des sommets déjà visités (initialement vide) et mettons dans la file d'attente tous ses voisins. Lorsque la file est vide, la liste des sommets visités donne le parcours en largeur du graphe.

- Nous utilisons la classe `GrapheLS` ▶ FICHE 23. Une liste `vus` contient les sommets déjà visités, une liste `parc` donne le parcours effectué. Une liste `voisins` modélise la file. Son premier élément, retiré à l'aide de la méthode `voisins.pop(0)`, est l'élément prioritaire dans le traitement.

```
def largeur(self, dep):
    n = len(self.lst)
    vus = [False] * n
    vus[dep] = True
    voisins = self.lst[dep]
    parc = [dep]
    while voisins:
        explore = voisins.pop(0)
        if not vus[explore]:
            parc.append(explore)
            vus[explore] = True
            voisins.extend(self.lst[explore])
    return parc
```

- Le parcours en largeur d'un graphe permet aussi de trouver la composante connexe d'un sommet. Il permet également de trouver tous les plus courts chemins à partir d'un sommet, ce qui peut être utilisé pour trouver de manière optimale la sortie d'un labyrinthe.

III Parcours des graphes pondérés

- L'algorithme de Dijkstra ▶ FICHE 24 permet de trouver le plus court chemin à partir d'un sommet dans un graphe pondéré orienté ou non dont les pondérations sont positives. Il est notamment utilisé pour le routage internet, le guidage GPS, des problèmes d'optimisation, etc.
- Lorsque le nombre de sommets du graphe est trop important, l'algorithme de Dijkstra devient inefficace. D'autres algorithmes existent qui ne donnent pas forcément une solution optimale : l'algorithme A* par exemple.

Quiz EXPRESS 26

Avez-vous bien révisé les fiches 22 à 25 ? On vérifie !

1 Vocabulaire et représentation des graphes

▶ FICHES 22 ET 23

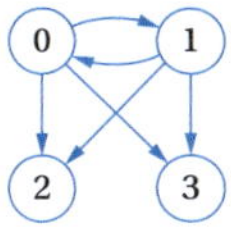

1. Le graphe ci-contre :

☐ **a.** a pour ordre 4 ☐ **b.** a pour ordre 6

☐ **c.** est orienté ☐ **d.** est non orienté

2. Une matrice d'adjacence pour ce graphe est :

☐ **a.** $\begin{pmatrix} 0 & 1 & 0 & 0 \\ 1 & 0 & 0 & 0 \\ 1 & 1 & 0 & 0 \\ 1 & 1 & 0 & 0 \end{pmatrix}$ ☐ **b.** $\begin{pmatrix} 0 & 1 & 1 & 1 \\ 1 & 0 & 1 & 1 \\ 0 & 0 & 0 & 0 \\ 0 & 0 & 0 & 0 \end{pmatrix}$ ☐ **c.** $\begin{pmatrix} 0 & 1 & 1 & 1 \\ 1 & 0 & 1 & 1 \\ 1 & 1 & 0 & 0 \\ 1 & 1 & 0 & 0 \end{pmatrix}$

3. La liste des successeurs des sommets de ce graphe peut être représentée par le dictionnaire suivant :

☐ **a.** `{0: [1, 2, 3], 1: [0, 2 , 3], 2: [], 3: []}`

☐ **b.** `{0: [1, 2, 3], 1: [0, 2, 3], 2: [0, 1], 3:[0, 1]}`

☐ **c.** `{0: [1], 1: [0], 2: [0, 1], 3:[0, 1]}`

2 Parcours de graphes

▶ FICHES 24 ET 25

On considère le graphe ci-contre. Les parcours sont effectués en prenant les sommets dans l'ordre croissant à partir du sommet 0.

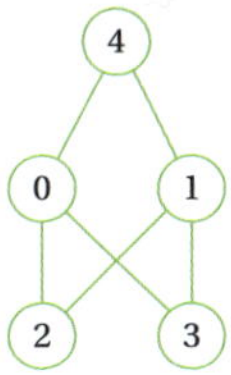

1. Un parcours en profondeur est :

☐ **a.** `[0, 1, 2, 3, 4]` ☐ **b.** `[0, 2, 1, 3, 4]`

☐ **c.** `[0, 2, 4, 1, 3]` ☐ **d.** `[0, 2, 1, 3, 0, 4]`

2. Un parcours en largeur est :

☐ **a.** `[0, 1, 2, 3, 4]` ☐ **b.** `[0, 2, 1, 3, 4]`

☐ **c.** `[0, 2, 4, 1, 3]`

3. On utilise :

☐ **a.** une pile pour réaliser un parcours en profondeur.

☐ **b.** une file pour réaliser un parcours en profondeur.

☐ **c.** une pile pour réaliser un parcours en largeur.

☐ **d.** une file pour réaliser un parcours en largeur.

CORRIGÉS

1 Vocabulaire et représentation des graphes

1. Réponses a et c.
En effet, l'ordre d'un graphe est son nombre de sommets, et non son nombre d'arêtes. Comme certains arcs ne peuvent être pris qu'en sens unique, il est orienté.

2. Réponse b.
Un 1 est présent dans cette matrice à la ligne i et à la colonne j s'il y a un arc qui mène du sommet i au sommet j, et non le contraire. La réponse **c**, où la matrice est symétrique, correspondrait à un graphe non orienté.

3. Réponse a.
La réponse **c** correspond à la liste des prédécesseurs des sommets du graphe. La réponse **b** correspond à la liste des successeurs des sommets du graphe non orienté associé à ce graphe.

À noter

Les différents modes de représentation d'un graphe comportent les mêmes informations, mais n'ont pas la même efficacité pour représenter certaines situations.
La représentation par matrice d'adjacence permet de savoir si deux sommets sont liés en $O(1)$ mais utilise un espace mémoire conséquent et serait par exemple peu adaptée à un graphe de taille importante avec peu de liens, comme un réseau électrique, un réseau routier, ou un réseau social.

2 Parcours de graphes

1. Réponse b.
Un sommet n'est jamais visité deux fois. La réponse **c** correspond au parcours en largeur de ce graphe.

2. Réponse c.
Dans un parcours en largeur, les voisins immédiats du sommet de départ sont explorés avant les voisins des voisins, etc.

3. Réponses a et d.

Vocabulaire des bases de données

27

☐ OK

I Limites des structures plates

1 Exemple : représentation d'un jeu multi-joueurs

- Dans un jeu multi-joueurs, chaque joueur possède un pseudonyme, appartient à un peuple et à une alliance. Il dirige par ailleurs un ou plusieurs villages, qui ont chacun un nom qu'il choisit ; ces villages possèdent, entre autres choses, une certaine population et ont des coordonnées spatiales.

- Une représentation en Python pourrait consister en un dictionnaire où les clés sont les joueurs et leurs valeurs associées sont une liste contenant leur peuple, leur alliance et une liste de villages, ceux-ci étant eux-mêmes codés par une liste. Par exemple :

```
Jeu = {'Astérix': ['Gaulois', 'Formidables', [['Le
       Village', 57, (34, 22)], ['Autre Village', 123,
       (36, 23)]]],'Obélix': ['Gaulois', 'Formidables',
       [['Le Village', 161, (38, 28)]]], 'César':
       ['Romain', 'Pax', [['Rome', 1668, (151, 12)]]]}
```

2 Les limites de la représentation

- Le choix de cette représentation n'est pas anodin : il est facile de déterminer l'alliance à laquelle appartient un joueur ou la population totale des villages qu'il contrôle :

```
def alliance_joueur(jeu, j):
    return jeu[j][1]

def population_joueur(jeu, j):
    return sum([village[1] for village in jeu[j][2]])
```

- Cependant, il est plus malaisé d'extraire certaines informations comme la population totale des villages contrôlés par un peuple :

```
def population_peuple(jeu, p):
    s = 0
    for j in jeu.values():
        if j[0] == p:
            s += sum([village[1] for village in j[2]])
    return s
```

- Dans cette représentation de données, dite plate, une appartenance est privilégiée par rapport aux autres.
- Or, on peut être amené à effectuer des recherches indépendamment de tout lien. Un nouveau modèle s'avère donc nécessaire dans lequel les données sont représentées dans plusieurs tables, sans hiérarchie particulière, et liées entre elles.

II Vocabulaire des schémas relationnels

- Un **attribut** est un couple (nom, domaine) où le nom (représentant un titre de colonne) prend ses valeurs dans un domaine.
- Un **domaine** est donc un ensemble de valeurs que peut prendre une donnée, à rapprocher de la notion de type en Python, par exemple des entiers (ensemble noté $\mathcal{N}$ dans ce livre), des chaînes de caractères (noté $\mathcal{S}$), des dates (noté $\mathcal{D}$), des booléens (noté $\mathcal{B}$), etc.
- On appelle **schéma** d'une relation un ensemble ordonné d'attributs de la forme $S = (A_1, A_2, \ldots, A_n)$, où les A_i sont des attributs deux à deux distincts, on précise en général les domaines de chaque attribut.
- Une **table**, ou **relation**, de schéma $S = (A_1, A_2, \ldots, A_n)$ est un ensemble fini de n-uplets $(x_1, \ldots, x_n)$ où les x_i prennent leurs valeurs dans A_i.
- Les **éléments** d'une table `R` sont appelés les enregistrements de la relation. Leur nombre (fini) est appelé le cardinal de `R` et est noté `#R`.

III Exemple de schéma

- Représentons quelques données relatives aux élèves d'une classe de Terminale.

Nom	Prénom	Date_de_naissance	Spé1	Spé2
Garcin	Catherine	13/01/2002	Maths	PC
Thy	Jean	11/08/2001	Maths	NSI
Garcin	Jean	11/08/2001	NSI	PC

- Le **schéma** de cette relation est :

```
((Nom, 𝒮), (Prénom, 𝒮), (Date_de_naissance, 𝒟),
(Spé1, 𝒮), (Spé2, 𝒮))
```

Il est indépendant de la notion de relation qui lui est associée, qui est représentée par une table.

- La relation `R` comporte 3 enregistrements (ou valeurs), on a donc `#R` = 3.

Le modèle relationnel

28

☐ OK

I Clés primaires

- Soit `S` le schéma d'une relation `R`, et `K` un ensemble d'attributs de `S`.

On dit que `K` est une **clé primaire** pour une relation `R` de schéma `S` si la connaissance du ou des seuls attributs de `K` pour les éléments de `R` permet d'identifier un unique enregistrement de `R`.

Plus formellement, pour tout couple d'enregistrements t_1 et t_2 de `R`, si t_1 et t_2 coïncident sur `K`, alors on a $t_1 = t_2$.

- Dans l'exemple de la relation relative aux élèves d'une classe de Terminale ▶ FICHE 27, aucun attribut seul ne peut jouer le rôle de clé primaire : le nom Garcin correspond à deux personnes différentes, et il en est de même pour les prénoms, dates de naissances et spécialités étudiées. Plusieurs couples pourraient, dans cet exemple, jouer le rôle de clé primaire, le couple `(Nom, Prénom)` paraît naturel. Néanmoins, rien ne garantit que des personnes différentes n'aient pas les mêmes noms et prénoms. La solution consiste alors à ajouter une **clé primaire artificielle**, qui est le plus souvent un identifiant entier naturel. Les systèmes gestionnaires de bases de données proposent de créer des **identifiants auto-incrémentés**.

La relation précédente devient alors :

id_eleve	Nom	Prénom	Date_de_naissance	Spé1	Spé2
1	Garcin	Catherine	13/01/2002	Maths	PC
2	Thy	Jean	11/08/2001	Maths	NSI
3	Garcin	Jean	11/08/2001	NSI	PC

II Clés étrangères

- Un attribut dans une relation `R'` de schéma `S'` qui sert à caractériser un enregistrement dans une relation `R` de schéma `S` et qui est une clé primaire de `S` est appelé une **clé étrangère** dans la relation `R'`.

- Dans l'exemple précédent, on souhaite désormais stocker dans une autre table leurs résultats aux devoirs d'informatique. Si on le faisait dans la même table, il y aurait soit des attributs pour lesquels des enregistrements n'ont pas de valeur (ce qui est à éviter) soit des attributs dont les données seraient des listes (à éviter aussi, on parle d'**atomicité** des attributs en normalisation des bases de données, c'est-à-dire que les attributs doivent être insécables). Cela nuirait en tout cas aux performances de la base de données.

- On choisit alors de représenter ces données dans une autre relation `R'`, dont le schéma est `S' = (id_eleve,` $\mathcal{N}$`), (devoir,` $\mathcal{S}$`), (note,` $\mathcal{R}$`)`, où $\mathcal{R}$ est l'ensemble des décimaux. Un exemple de table pourrait être :

id_eleve	**Devoir**	**Note**
1	Maths DS1	14,5
2	Maths DS1	17
2	Projet NSI	18
3	Projet NSI	11

- `id_eleve` est une clé étrangère dans cette relation `R'`. En effet, elle est clé primaire dans la table `R` et sert à caractériser les enregistrements de `R` (les élèves) dans `R'` (leurs notes). Cette table ne comporte aucun attribut clé primaire, mais le couple `(id_eleve, devoir)` constitue une clé primaire, en admettant qu'aucun élève ne peut avoir deux notes différentes pour le même devoir.

III Contraintes d'intégrité

- Une contrainte d'intégrité est une règle qui définit la cohérence d'une donnée ou d'un ensemble de données d'une base de données.
- Le type de données que l'on cherche à stocker définit une contrainte de domaine. Cela est intégré dans le modèle du schéma relationnel.
- Chaque enregistrement d'une relation doit pouvoir être identifié par une clé primaire, unique et non nulle. On parle dans ce cas de contrainte de relation.
- Lorsque des relations sont liées, il est indispensable que les trois règles suivantes soient respectées :
  - Une clé étrangère ne peut être une valeur qui n'est pas clé primaire de la table à laquelle elle se réfère.
  - Un enregistrement de la table primaire ne peut être effacé s'il possède des enregistrements liés.
  - La clé primaire ne peut être changée dans la table primaire si cet enregistrement possède des enregistrements liés.

Ces trois règles définissent la notion de contrainte d'intégrité référentielle d'une base de données. Cet ensemble de règles est au cœur même des bases de données et confère le caractère relationnel au modèle étudié.

Conception de bases de données 29

☐ OK

I Exemple d'anomalie : redondance de données

- Lorsque les bases de données n'ont pas été suffisamment normalisées ou lorsqu'elles n'ont pas été conçues de sorte que les contraintes d'intégrité soient respectées après modification des relations, des **anomalies** peuvent apparaître, comme la **redondance de données**.

- Considérons, par exemple, une base de données modélisant les produits achetés par une entreprise, avec le schéma relationnel :

```
S = ((Produit, 𝒮), (Fournisseur, 𝒮), (Adresse, 𝒮)
```

Un exemple de table pour ce schéma :

Produit	**Fournisseur**	**Adresse**
Tomate	Verger du Sud	MIN Cavaillon
Ananas	Verger du Sud	MIN Cavaillon
Origan	SA Épices	MIN Rungis

L'adresse est **redondante** dans cette relation, celle des Vergers du Sud apparaissant plusieurs fois, ce qui a un coût d'espace et conduit à des performances moindres de la base de données.

- La solution typique consiste à séparer cette relation en deux :
  - une relation `Fabricants = ((Fournisseur, 𝒮), (Adresse, 𝒮))` ;
  - une relation `Produits = ((Produit, 𝒮), (Fournisseur, 𝒮))`.

L'exemple précédent devient :

Fabricants

Fournisseur	**Adresse**
Verger du Sud	MIN Cavaillon
SA Épices	MIN Rungis

Produits

Produit	**Fournisseur**
Tomate	Verger du Sud
Ananas	Verger du Sud
Origan	SA Épices

- Néanmoins cette solution n'est pas pleinement satisfaisante. Si la société Vergers du Sud change de nom ou est supprimée de la relation `Fabricants`, la table `Produits` aura une anomalie de mise à jour (ou de suppression), car les produits Tomate et Ananas ne seront plus référencés. Et si une nouvelle société prend le même nom qu'une déjà existante on aura une anomalie d'insertion.

II Élaboration d'un modèle conceptuel des données

- La première étape pour aboutir à un modèle permettant de stocker les données dans une base consiste à **identifier les objets** à représenter ainsi que **leurs liens**. Cela aboutit à un **modèle conceptuel des données** (MCD), comme le **modèle entité-association** présenté ici.
- Une **entité** est une unité de base du système modélisé. Il peut s'agir d'individus, d'objets qui ont commun les mêmes propriétés.
- Une **association** représente un lien entre entités. Elle peut être binaire et représenter un lien entre deux entités A et B, nommée par un verbe. Si chaque occurrence de l'entité A est liée à au plus une occurrence de l'entité B on parle de **relation binaire fonctionnelle**.
- Considérons l'étude simplifiée de la gestion d'un parc immobilier. Des propriétaires possèdent, éventuellement collectivement, un ou plusieurs appartements, un locataire occupant un appartement.
- Trois **entités** se dégagent ici : les propriétaires, les locataires et les appartements. Il y a un **lien** représenté par le verbe « habiter » entre l'entité locataire et l'entité appartement. Ce lien est une relation binaire fonctionnelle dans la mesure où on admet qu'un locataire n'occupe qu'un seul appartement. Il y a un **lien** représenté par le verbe « posséder » entre l'entité propriétaire et l'entité appartement. Cette association n'est pas fonctionnelle.

III D'un MCD au schéma relationnel

- On en déduit un schéma relationnel en utilisant les règles suivantes :
  - Toute entité donne lieu à une table dont la clé primaire est l'identifiant de l'entité.
  - Toute association binaire fonctionnelle est implémentée par la présence d'une clé étrangère dans la table qui représente l'entité origine de la dépendance fonctionnelle.
  - Toute association non fonctionnelle génère une table dont la clé primaire est l'ensemble des clés primaires des tables qu'elle relie.
- L'exemple donne (clés primaires en gras, clés étrangères en italique) :

`Propriétaires((`**`id_proprio`**`, 𝒩), (nom, 𝒮), (prenom, 𝒮))`
`Locataire((`**`id_locataire`**`, 𝒩), (`*`id_appart`*`, 𝒩))`
`Appartement((`**`id_appart`**`, 𝒩), (adresse, 𝒮), (`*`id_locataire`*`, 𝒩)))`
`ProprioAppart((`*`id_proprio`*`, 𝒩), (`*`id_appart`*`, 𝒩))`

L'association « habiter » est représentée par une clé étrangère dans la relation `Locataire`, l'association « posséder » par la relation `ProprioAppart`.

Quiz EXPRESS 30

Avez-vous bien révisé les fiches 27 à 29 ? On vérifie !

Ces relations modélisent la flotte d'un réseau de location.

Agences

id_agence	Ville	Département
1	Paris	75
2	Lyon	69
3	Marseille	13

Voitures

id_voiture	Marque	Modèle	Kilométrage	id_agence
1	Renault	Clio	12000	2
2	Peugeot	205	22000	3
3	Toyota	Yaris	33000	3

1 Vocabulaire des bases de données

▶ FICHE 27

1. La relation Voitures :

☐ **a.** comporte 3 attributs. ☐ **b.** comporte 5 attributs.

☐ **c.** est de cardinal 3. ☐ **d.** est de cardinal 5.

2. Le domaine de l'attribut id_agence dans la relation Voitures est :

☐ **a.** Agences ☐ **b.** les entiers naturels

☐ **c.** les chaînes de caractères ☐ **d.** Voitures

2 Conception de bases de données

▶ FICHE 28

1. . La relation Voitures :

☐ **a.** comporte id_agence comme clé primaire.

☐ **b.** comporte id_voiture comme clé primaire.

☐ **c.** comporte id_agence comme clé étrangère.

2. On souhaite disposer de l'historique des voitures louées par un client. Louer une voiture est alors représenté par :

☐ **a.** une clé étrangère dans la relation Client.

☐ **b.** une clé étrangère dans la relation Voitures.

☐ **c.** une nouvelle relation constituée des clés primaires des relations Client et Voiture.

CORRIGÉS

1 Vocabulaire des bases de données

1. Réponses b et d.
Le cardinal de la relation est le nombre de lignes, le nombre de colonnes étant le nombre d'attributs.

2. Réponse b.
L'attribut `id_agence` est un entier naturel.

À noter

Les systèmes gestionnaires de bases de données relationnelles proposent des identifiants qui sont automatiquement incrémentés par celles-ci. Ainsi, s'il est important de les créer lors de la phase de modélisation de la base de données, on n'a plus à s'en préoccuper par la suite.

2 Conception de bases de données

1. Réponses b et c.
L'idée que les voitures soient caractérisées par `id_agence` est absurde puisque cela signifierait que les agences sont limitées à la possession d'une seule voiture… `id_agence` est une clé étrangère dans la relation `Voitures`. En effet, cet attribut caractérise parfaitement une autre entité et est clé primaire dans une autre relation.

2. Réponse c.
En application des règles de passage du MCD au schéma relationnel, louer une voiture est représenté par une nouvelle relation constituée au minimum des clés primaires des relations `Client` et `Voiture`.

À noter

D'autres attributs pourraient d'ailleurs être enregistrés dans cette relation, comme par exemple la date à laquelle le client a loué la voiture, etc.

Les systèmes de gestion de bases de données

31

☐ OK

I Les systèmes de gestion de bases de données

- Un système de gestion de bases de données (SGBD, DBMS en anglais) regroupe des outils logiciels permettant de gérer, manipuler, stocker et sécuriser des informations organisées dans une base de données ▶ FICHES 27 À 29.
- Sous l'impulsion d'informaticiens comme Charles Bachman, des SGBD sont mis au point avant même l'apparition du modèle relationnel de E. F. Codd en 1970. La plupart suivent ce modèle (MySQL, PostgreSQL, MariaDB…) mais il existe des alternatives (de type NoSQL – Not Only SQL – comme MongoDB, Cassandra…).
- La gestion d'une base de données (BDD) est complexe du fait de sa taille, du nombre de ses utilisateurs, de la nécessité d'assurer la cohérence et la sécurité des informations.
- Un SGBD doit être indépendant des BDD qu'il gère.

II SQL

Le langage le plus communément utilisé pour dialoguer (effectuer des **requêtes**) avec le SGBD est le SQL. C'est celui que nous allons utiliser pour créer des tables, ajouter, supprimer, mettre à jour des données. Il a été créé en 1979 et normalisé en 1986. Les requêtes s'apparentent le plus possible à des phrases en anglais. Il est déclaratif ▶ FICHE 11. Nous l'étudierons plus avant dans les fiches suivantes.

Mot clé

Structured Query Language : langage de requête structurée.

III SQLite

- La plupart des SGBD fonctionnent sur des machines distantes selon le modèle client-serveur bien adapté à un langage de requêtes. SQLite, comme son nom l'indique, est un SGBD qui a un fonctionnement plus simple et s'apparente à une bibliothèque logicielle (écrite en langage C) qui est directement intégrée à l'application qui l'utilise. Une base de données est entièrement représentée dans un fichier. Cela peut présenter des inconvénients pour de gros systèmes mais suffira pour notre découverte.

● SQLite est sous licence publique, ce qui en fait un outil de choix pour l'éducation, et il est largement utilisé (plus de 1 000 milliards de bases de données SQLite en activité), notamment par Mozilla, Google, Apple…

● SQLite est disponible sur tous les systèmes d'exploitation. Il existe une bibliothèque Python, `sqlite3`, qui permet de gérer la BDD à partir de commandes écrites en Python.

À noter

Des instructions d'installation se trouvent sur cette page : https://www.tutorialspoint.com/sqlite/sqlite_installation.htm.

IV En pratique

● On travaille *via* le terminal Unix en lançant `$ sqlite3` ou `C:\>sqlite3` sous Windows. `Sqlite3` est l'interface en ligne de commande associée à SQLite. On peut commencer par créer un fichier d'extension .sql qui contiendra les instructions pour créer les tables ▶ FICHE 32.

● On peut aussi travailler avec Python et sa bibliothèque qui s'appelle aussi `sqlite3` ou en utilisant le *framework* Bottle.

● On peut installer l'outil graphique SQLiteBrowser disponible au téléchargement pour tout système d'exploitation (https://sqlitebrowser.org/dl/). Après avoir lancé SQLiteBrowser, on ouvre une base de données existante ou on crée une nouvelle base. Apparaît alors un outil graphique permettant de créer des tables de manière assez simple.

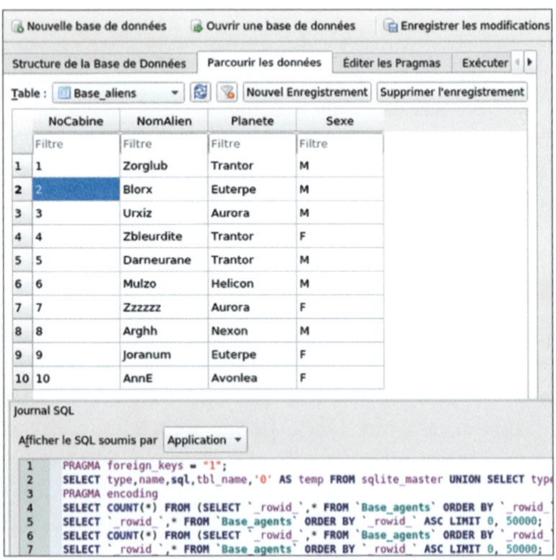

Le langage SQL

32

☐ OK

I Création d'une table et insertion d'enregistrements

- À titre d'exemple, nous allons créer la table suivante :

```
Nom         Maths       Anglais     Info
----------  ----------  ----------  ----------
Joe         16          17          18
Zoe         19          15          17
```

- On commence par créer la table avec `CREATE TABLE` en indiquant ici la clé primaire.

```
CREATE TABLE IF NOT EXISTS
`Table_notes` (
    `Nom` TEXT PRIMARY KEY,
    `Maths` INTEGER,
    `Anglais` INTEGER,
    `Info` INTEGER );
```

À noter

SQLite n'est pas sensible à la casse.

- On insère ensuite les valeurs avec :

```
INSERT INTO [la table les attributs]
VALUES [les tuples correspondant aux lignes à insérer]
```

On peut enregistrer une valeur à la fois ou plusieurs séparées par des virgules.

```
INSERT INTO Table_notes (Nom, Maths, Anglais, Info)
VALUES ('Joe', 14, 17, 18), ('Zoe', 19, 15, 17);
```

- Il se peut que certains enregistrements n'existent pas. Par exemple Anne peut avoir été absente lors du devoir d'anglais. On met alors `NULL` :

```
INSERT INTO `Table_notes` VALUES ('Anne', 18, NULL, 19);
```

- Si l'on essaye d'insérer une valeur pour une clé déjà existante, ce qui va à l'encontre des contraintes d'intégrité, on obtient alors une erreur de type `IntegrityError` ▶ FICHE 29.
- On peut créer un fichier d'extension `sql` pour plus de confort. Il doit commencer par `BEGIN TRANSACTION` et finir par `COMMIT;`. On enregistre ce fichier par exemple sous le nom `notes.sql`.

II Utilisation de SQLite avec le terminal

- On rappelle qu'avec `SQLite` les bases de données sont stockées en un seul fichier. On ouvre un terminal pour créer une BDD dans le fichier `les_notes.db` à partir du fichier `notes.sql` créé à l'exemple précédent en lançant sqlite3 avec ces arguments :

```
$ sqlite3 les_notes.db < notes.sql
```

- On peut ensuite travailler avec `SQLite`. On lance cette fois `sqlite3` avec comme argument le fichier contenant la base de données :

```
$ sqlite3 les_notes.db
sqlite>
```

`sqlite>` est l'invite de commande indiquant que SQLite est en attente.

III L'extraction de données avec SELECT

- La commande `SELECT` permet, comme son nom le suggère, de sélectionner des colonnes d'une ou de plusieurs tables données en paramètres. Comme souvent, l'étoile * indique que l'on sélectionne toutes les colonnes. La syntaxe est :

```
SELECT colonne(s) FROM nom table(s)
```

- Pour obtenir l'en-tête des colonnes et un affichage plus lisible, on commence par indiquer en préambule :

```
sqlite> .headers ON
sqlite> .mode column
```

- Puis on demande toute la table `Table_notes` :

```
sqlite> SELECT * FROM Table_notes;
```

On obtient :

```
Nom         Maths       Anglais     Info
----------  ----------  ----------  ----------
Joe         14          17          18
Zoe         19          15          17
```

- Si l'on ne veut que certaines colonnes :

```
sqlite> SELECT Maths, Nom FROM Table_notes;
```

```
Maths       Nom
----------  ----------
14          Joe
19          Zoe
```

Le langage SQL avancé

33

☐ OK

I La commande WHERE

La commande `WHERE` permet de spécifier des critères de sélection. Par exemple, pour savoir quels sont les élèves qui ont plus de 14 en maths ou plus de 18 en informatique :

```
SELECT Nom
FROM Table_notes
WHERE Maths>14 OR Info>18;
```

On obtient :

```
Nom
----------
Zoe
```

II Fonctions de groupes (agrégation)

- Les fonctions de groupe permettent d'obtenir des informations sur un ensemble de lignes en travaillant sur les colonnes et non pas sur les lignes comme avec `WHERE`. Par exemple :
  - `AVG` calcule la moyenne d'une colonne ;
  - `SUM` calcule la somme d'une colonne ;
  - `MIN`, `MAX` calculent le minimum et le maximum d'une colonne ;
  - `COUNT` donne le nombre de lignes d'une colonne.
- Exemple : comptons combien d'élèves ont plus de 15 en maths.

```
SELECT COUNT(*) FROM Table_notes WHERE Maths > 15;
```

On obtient : `2`

III Le tri : ORDER BY

Trions les lignes par ordre croissant des notes de maths et, en cas d'égalité, des notes d'informatique.

```
SELECT Nom, Maths, Info
FROM Table_notes
ORDER BY Maths, Info ASC;
```

On obtient :

```
Nom       Maths     Info
-------   -------   -------
Joe       14        18
Anne      18        19
Zoe       19        17
```

IV Les jointures

- Une jointure permet d'associer plusieurs tables dans une même requête.

- Par exemple, supposons que nous disposions d'une table associant à chaque note sa mention, alors que nous avons déjà une table associant à chaque élève ses notes. Nous voudrions créer une table liant le nom des élèves à leur mention correspondant à leur note de maths.

Voici un extrait d'une table `Table_mentions` :

```
Note        Mention
--------    --------
14          cool
17          la star
18          la folie
19          trop ouf
```

- Nous allons joindre la table `Table_notes` et la table `Table_mentions` en reliant les lignes telles que la note de maths de la 1re table soit égale à la note de la 2e table :

```
SELECT Nom, Mention AS Mention_maths
FROM Table_notes AS n
JOIN Table_mentions AS m ON n.Maths = m.Note;
```

On obtient :

```
Nom         Mention_maths
--------    -------------
Joe         cool
Zoe         trop ouf
Anne        la folie
```

- Si on veut créer une table à partir de cette sélection et la réutiliser, on emploie la syntaxe :

```
CREATE TABLE Appreciations AS SELECT Nom, Mention ...
```

V Un exemple de faille de sécurité : l'injection SQL

- Il est très important de sécuriser ses BDD qui peuvent contenir des données sensibles. Or il est courant de demander aux utilisateurs des données (nom, mot de passe…) qui sont introduites dans la base. Un utilisateur malveillant pourrait alors entrer du code SQL au lieu de son nom et détruire la base ou bien récupérer des données.
- Il est recommandé de faire vérifier les entrées avant de lancer la requête, par exemple à l'aide d'*expressions régulières* ou en utilisant des *paramètres* SQL.

Quiz EXPRESS 34

Avez-vous bien révisé les fiches 31 à 33 ? On vérifie !

1 SGBD

FICHE 31

1. Le modèle relationnel est apparu dans les années :

☐ **a.** 1960 ☐ **b.** 1970 ☐ **c.** 1980 ☐ **d.** 1990

2. Quel outil permet à un utilisateur de rechercher une information spécifique dans une base de données ?

☐ **a.** Une recherche ☐ **b.** Une requête

☐ **c.** Une clause ☐ **d.** Un filtre

3. Que signifie SQL ?

☐ **a.** Strong Question Language ☐ **b.** Strong Query Langage

☐ **c.** Selected Query Language ☐ **d.** Structured Query Language

2 SQL

FICHE 32

1. Quelle commande SQL permet d'ajouter une nouvelle ligne ?

☐ **a.** `INSERT` ☐ **b.** `INSERT INTO` ☐ **c.** `ADD` ☐ **d.** `PUT`

2. Quelle commande permet d'extraire des lignes d'une table ?

☐ **a.** `GET` ☐ **b.** `OPEN` ☐ **c.** `EXTRACT` ☐ **d.** `SELECT`

3. Quelle commande permet d'extraire toutes les lignes de la table `Eleves` ?

☐ **a.** `SELECT [all] FROM Eleves` ☐ **b.** `SELECT ALL Eleves`

☐ **c.** `SELECT *.Eleves` ☐ **d.** `SELECT * FROM Eleves`

3 SQL avancé

FICHE 33

1. Quelle commande SQL permet de trier des lignes ?

☐ **a.** `TRY` ☐ **b.** `SORT` ☐ **c.** `ORDER` ☐ **d.** `ASCENDING`

2. Les jointures SQL sont utilisées pour combiner :

☐ **a.** les colonnes d'une table ☐ **b.** deux tables seulement

☐ **c.** plusieurs tables ☐ **d.** les lignes d'une table

CORRIGÉS

1 SGBD

1. Réponse b. C'est en juin 1970 que le Britannique E. F. Codd publia son célèbre article « A Relational Model of Data for Large Shared Data Banks » jetant les bases du modèle relationnel.

2. Réponse b. Une requête : c'est le terme technique (*query* en anglais) qui désigne une commande écrite en langage SQL.

3. Réponse d. En français : langage de requête structurée.

2 SQL

1. Réponse b. La syntaxe est : `INSERT INTO table (colonne1, colonne2, …) VALUES (valeur1, valeur2, …).` Exemple :

```
INSERT INTO Eleves (prenom, nom) VALUES ('Anne', 'Shirley')
```

2. Réponse d. C'est la commande fondamentale ! Celle qui permet de rechercher des données dans la base.

3. Réponse d. L'astérisque remplace n'importe quel attribut.

3 SQL avancé

1. Réponse c. Exemple :

```
SELECT nom, cp FROM Eleves ORDER BY nom
```

2. Réponse c. On peut joindre entre elles deux tables ou plus.

À noter

Un exemple d'injection SQL, on peut demander à un utilisateur d'entrer un pseudo sans précaution via ce code en Python avec la bibliothèque bottle-sqlite :

```
p = input('Quel est votre pseudo ?')
db.execute(f"SELECT * FROM inscrits WHERE pseudo={p}");
```

Si l'utilisateur rentre le pseudo `\'Joe\'; DROP TABLE inscrits;` alors la requête exécutée est :

```
SELECT * FROM inscrits WHERE pseudo = 'Joe'; DROP TABLE inscrits;
```

Joe sera bien ajouté, mais une nouvelle requête est ajoutée qui va détruire la table à l'insu de l'administrateur.

Les visages multiples du numérique

35

☐ OK

I La face lumineuse du numérique

- Le numérique est aujourd'hui **omniprésent** dans nos sociétés : dans la vie sociale, la vie éducative, la santé, les démarches administratives ou encore les loisirs.
- Cette numérisation comporte pléthore d'**aspects positifs** bien connus comme l'amélioration de l'efficacité de nombreuses procédures, des économies de papier, des avancées dans le domaine de la médecine, des loisirs, de la consommation et de la communication.

II La consommation énergétique liée au numérique

- Ces dernières années, la **consommation énergétique** du numérique augmente de 9 % par an et représente en 2020 plus de 4 % des émissions mondiales de gaz à effet de serre, dépassant ainsi les émissions de CO_2 de l'aviation et représentant quatre fois la consommation énergétique de la France.

L'usage du numérique est responsable de 55 % de sa consommation énergétique, contre 45 % pour la production des équipements.

- Tous les usages du numérique sont concernés : une simple requête sur un moteur de recherche ou l'envoi d'un email ordinaire peut générer quelques grammes de CO_2. Un mail avec de volumineuses pièces jointes envoyé à des destinataires multiples peut générer jusqu'à 50 g de CO_2. Même après envoi, les courriels continuent à dépenser de l'énergie pour leur stockage. De nombreux utilisateurs conservent des dizaines de milliers mails non lus dans leur boîte de réception générant au niveau mondial une consommation de plusieurs centaines de TWh par an.

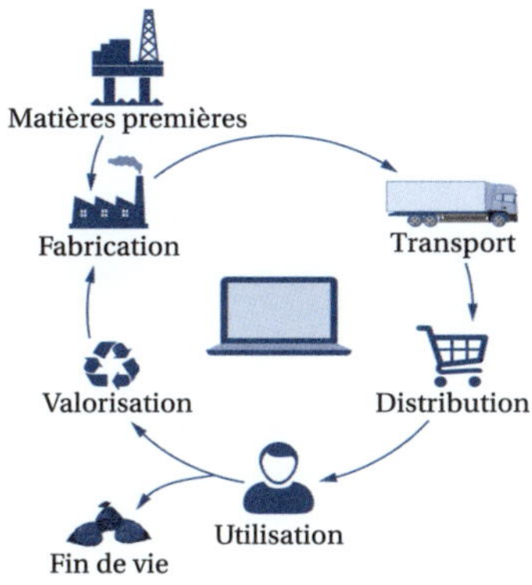

Le cycle de vie d'un ordinateur portable
Fabrication d'un ordinateur de 2 kg : 800 kg de matières premières mobilisées, 124 kg de CO_2 émis (169 kg de CO_2 sur l'ensemble du cycle de vie).

- Parmi les usages les plus gourmands en énergie on trouve également la vidéo, avec notamment les plateformes de VOD ou de streaming, qui occupe une très large part de la bande passante d'Internet (plus de 60 %) et des ressources de stockage considérables dans le *cloud*.
- La fabrication d'un ordinateur est également très consommatrice de matières premières.

III Les biais des algorithmes

- Les algorithmes semblent être des créations neutres et imperméables à l'idéologie, mais une observation un peu plus attentive peut nous inviter à la réflexion. Les algorithmes sont en effet des **créations humaines** qui ne sauraient échapper aux intentions, biais cognitifs ou sensibilités culturelles de ceux qui les développent. Ainsi, les premiers algorithmes de reconnaissance de visages développés aux États-Unis se sont révélés avoir été conçus pour des visages masculins de type caucasien et avoir des performances très dégradées pour les personnes à la peau foncée !
- Les **biais technologiques** préexistent à l'informatique. Ainsi les premiers airbags étaient adaptés à des hommes de grande taille, provoquant des blessés ou des morts chez des femmes et des enfants pour lesquels ils étaient totalement inadaptés.
- On peut aussi penser à ce stade que l'apparition d'un biais dans un algorithme est un accident, mais Cathy O'Neil dans son livre *Algorithmes, la bombe à retardement* et Aurélie Jean dans *De l'autre côté de la machine* nous démontrent qu'il n'en est rien et que le biais est consubstantiel à tout modèle, quand il n'est pas intentionnel !
- Cathy O'Neil dévoile une variété d'**usages excessifs** des systèmes de « scores » pour entrer à l'université, établir la capacité à emprunter, sélectionner des employés, des futurs étudiants ou même juger et condamner des personnes en fonction de leur potentiel « calculé » de récidive.

À noter

Ces scores rassurent et permettent à des professionnels de prendre des décisions rapides sur un critère unique mais cachent la vraie complexité du monde réel, induisant parfois sciemment en erreur des personnes.

- Le concepteur de modèles numériques et de logiciels doit être conscient de ces biais omniprésents car sa responsabilité sociale est grande. Hors de leur plage de validité, la pertinence des modèles est très limitée. Le modèle n'est jamais le réel, de grands artistes l'on bien senti et dépeint comme le peintre René Magritte ou l'écrivain Jorge Luis Borges.

Processus et ressources

36

☐ OK

I Notion de processus

- Il faut distinguer un programme de son exécution : le lancement d'un programme entraîne des lecture/écriture de registres et d'une partie de la mémoire ▶ FICHES BAC NSI 1re, FICHES 30 ET 31. D'ailleurs, un même programme peut être exécuté plusieurs fois sur une même machine au même moment en occupant des espaces mémoire différents.
- Un processus représente une **instance d'exécution** d'un programme dans une machine donnée.

II Les états d'un processus

- Au cours de son existence dans la machine, un même processus peut se retrouver dans différents états qui sont résumés ci-dessous.

• Un processus est créé et se trouve alors dans l'**état prêt** : il attend de pouvoir avoir accès au processeur.

• Le processus obtient l'accès au processeur. Il passe alors dans l'**état élu**.

• Alors qu'il est élu, le processus peut avoir besoin d'attendre une ressource quelconque comme, par exemple, une ressource en mémoire. Il doit alors quitter momentanément le processeur pour que celui-ci puisse être utilisé à d'autres tâches (le processeur ne doit pas attendre !). Le processus passe donc dans l'**état bloqué**.

• Le processus a obtenu la ressource attendue mais s'est fait prendre sa place dans le processeur par un autre processus. Il se met donc en attente et repasse à l'**état prêt**.

• Un processus ne pourra terminer que s'il est déjà dans l'état élu sauf anomalie.

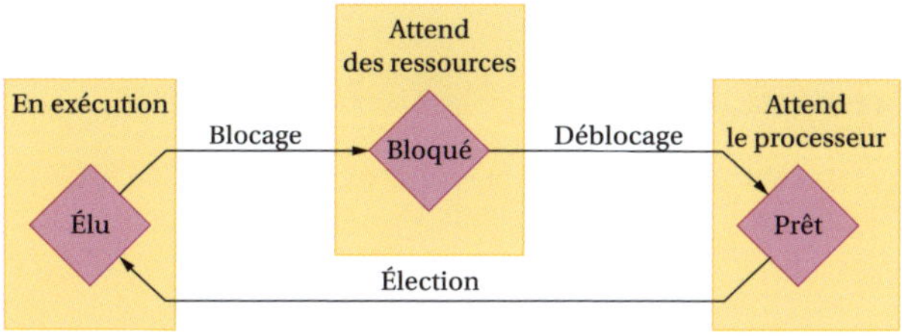

Cycle des états d'un processus

III Les commandes Linux de gestion des processus

1 La commande ps

- La commande ps (penser à ProcessuS) est utilisée pour afficher des informations sur un processus. L'option u permet de préciser le propriétaire, l'option l permet un affichage avec plus d'attributs (*long*).

- Par exemple, pour connaître les processus appartenant à l'utilisateur moi :

```
$ ps -lu moi
F S UID  PID   PPID C PRI NI ADDR SZ     WCHAN  TTY   TIME     CMD
0 S 1000 9412  3048 0 80  0  -    1156   wait   ?     00:00:00 sh
0 S 1000 9413  9412 0 80  0  -    178754 poll_s ?     00:00:07 tilda
0 S 1000 9423  9413 0 80  0  -    7537   wait   pts/2 00:00:00 bash
4 R 1000 28867 9423 0 80  0  -    11140  -      pts/2 00:00:00 ps
```

• La colonne S indique l'état (*state*) du processus : S pour *stopped*, R pour *running* et Z pour *zombie*.

• PID est le *processus identifier* : un identifiant sous forme d'entier donné par le système.

• PPID est le *parent processus identifier* qui donne l'identifiant du parent qui a engendré le processus.

• CMD est le nom de la commande.

2 La commande kill

- Il n'est parfois pas possible de fermer un processus graphique en cliquant par exemple sur la croix prévue pourtant à cet effet. On peut utiliser la commande kill si on connaît le PID du processus à « tuer » qui peut être obtenu avec l'option C de ps :

```
$ ps -lC codium
F S UID  PID  PPID C  PRI NI ADDR SZ     WCHAN  TTY TIME     CMD
0 S 1000 3091 1    3  80  0  -    218751 poll_s ?   00:00:01 codium
0 S 1000 3093 3091 0  80  0  -    94034  poll_s ?   00:00:00 codium
0 S 1000 3116 3091 2  80  0  -    134596 poll_s ?   00:00:01 codium
0 S 1000 3129 3091 0  80  0  -    111394 futex_ ?   00:00:00 codium
0 S 1000 3138 3091 11 80  0  -    276851 futex_ ?   00:00:05 codium
0 S 1000 3162 3138 3  80  0  -    173887 ep_pol ?   00:00:01 codium
0 S 1000 3192 3091 1  80  0  -    182402 futex_ ?   00:00:00 codium
```

- On découvre une « généalogie » des processus. 3091 est le parent de tous les autres. C'est lui qu'il faut interrompre :

```
$ kill 3091
$ ps -lC codium
F S UID PID PPID C PRI NI ADDR SZ WCHAN TTY TIME CMD
```

Notions d'interblocage

37

☐ OK

I L'ordonnancement

- Plusieurs processus peuvent être dans l'état prêt ▶ FICHE 36 : comment choisir celui qui sera élu ? L'**ordonnanceur** (*scheduler*) classe les processus prêts dans une file et le **répartiteur** (*dispatcher*) alloue quant à lui un processeur à l'élu dans le cas d'une architecture multiprocesseur.
- Il existe plusieurs **politiques d'ordonnancement** dont le choix va dépendre des objectifs du système. Voici quelques exemples :

• **Premier arrivé, premier servi :** simple, mais peu adapté à la plupart des situations.

• **Plus court d'abord :** très efficace, mais il est la plupart du temps impossible de connaître à l'avance le temps d'exécution d'un processus.

• **Priorité :** le système alloue un niveau de priorité aux processus (`SCHED_FIFO` sur Linux). Cependant des processus de faible priorité peuvent ne jamais être élus.

• **Tourniquet :** un quantum de temps est alloué à chaque processus (`SCHED_RR` sous Linux). Si le processus n'est pas terminé au bout de ce temps, il est mis en bout de file en état prêt.

• Un **système hybride** entre tourniquet et priorité qu'on retrouve dans les systèmes Unix.

II Un problème de synchronisation

1 Une situation type

- Considérons un programme de jeu multi-joueurs contenant une variable globale `nb_pions` qui représente le nombre de pions disponibles pour tous les joueurs.
- Une fonction permet de prendre un pion dans le tas commun de pions disponibles.
- Imaginons deux joueurs utilisant cette fonction.

2 Des processus concurrents

- L'exécution de ces fonctions se traduit par la création de deux processus `P1` et `P2`, chacun correspondant à un joueur.
- Supposons qu'il ne reste qu'un pion dans le tas. Supposons que le processus `P1` est élu en premier. Il lance donc la prise d'un pion mais est

interrompu par l'ordonnanceur pour élire P2 qui était en attente, et ce avant de décrémenter nb_pions. P2 est lancé alors qu'il reste encore un pion et a le temps lui de décrémenter nb_pions.

- Quand P1 est élu à nouveau, il reprend où il en était et ne vérifie pas s'il reste un pion et ne voit pas d'anomalie : chacun se retrouve avec un pion alors qu'il n'y en avait qu'un.

III Un problème d'interblocage

- Imaginons un processus P1 demandant et obtenant une ressource R1 puis commuté par l'ordonnanceur. Un processus P2 est élu et demande et obtient R2 puis demande R1 mais ne peut l'obtenir car détenue par P1. P2 est donc commuté et P1 est élu et demande R2. Il est à son tour commuté et P2 est élu car R2 est détenue par P2.
- Les processus P1 et P2 sont alors bloqués dans l'attente l'un de l'autre dans un cycle sans fin.
- On parle dans ce cas d'**interblocage**. Des solutions (détection/guérison ou prévention) sont mises en place qui ne seront pas étudiées ici.

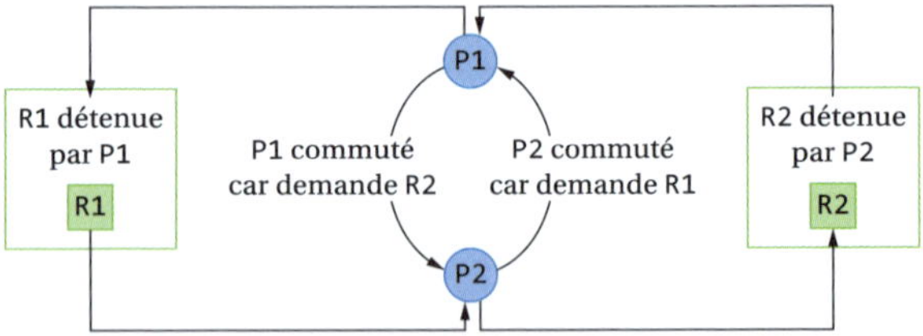

IV Threads – Processus légers

- Un *thread* (fil en français) désigne ce qui est appelé en français **processus léger**.
- Plutôt que de se voir allouer une partie de la mémoire, les processus légers forment des groupes qui vont se partager un même espace mémoire mais ont chacun leur propre pile d'exécution.
- Cette technique permet, par exemple, de faciliter le parallélisme sur des machines multiprocesseurs, ou de pouvoir laisser des calculs lourds se faire dans un fil et les échanges via le clavier et l'écran dans un autre. En contrepartie, les données étant partagées dans le même espace mémoire, cela impose une plus grande surveillance pour la synchronisation.

Composants intégrés d'un système sur puce

38

☐ OK

I Des cartes mères « classiques » aux composants intégrés

1 Des premiers ordinateurs aux PC

- Les premiers ordinateurs ont des tailles colossales comme la série des Mark conçue à partir de 1944. L'avènement des transistors depuis 1947 permet une croissante exponentielle du nombre de composants suivant la loi de Moore.

Mot clé

Gordon Moore, l'un des fondateurs d'Intel propose, en 1975, la 2e **loi de Moore** qui prédit que le nombre de transistors des microprocesseurs sur une puce de silicium double tous les deux ans. Elle a été étonnamment bien respectée depuis, même si les limites physiques de la miniaturisation semblent proches.

Harvard Mark 1c

- L'intégration des composants est de plus en plus grande jusqu'à l'avènement des premiers ordinateurs personnels vers 1980. Les ordinateurs « de bureau », les PC, disposent ainsi d'une carte mère incluant le processeur, reliée à de nombreux composants additionnels comme des disques durs, des cartes graphiques, des extensions mémoire, des cartes réseau, etc.

2 Vers une intégration plus poussée des composants

- Dans les cartes mères modernes, en particulier celles des ordinateurs portables, l'intégration est beaucoup plus poussée.
- Dans les dispositifs nomades comme les téléphones, tablettes ou ordinateurs légers, cette intégration passe à un niveau supérieur. Le Raspberry Pi 4 intègre ainsi sur quelques centimètres carrés une carte mère complète autour d'un processeur Quad core Cortex-A72 (ARM v8) 64-bit. Ce processeur est en fait déjà un SoC : *System on a Chip*.

II Composants intégrés SoC = System on a Chip

1 Avantages et inconvénient des SoC

- Un SoC, *System on a Chip*, accueille sur une même puce un microprocesseur (CPU), de la mémoire vive (RAM), un circuit graphique (GPU) et des composants Wifi, Bluetooth, etc. dans une taille très réduite.
- Cette miniaturisation est idéale pour des dispositifs mobiles comme des téléphones, des tablettes, mais de grands constructeurs, comme Apple, veulent aussi en équiper toute leur gamme d'ordinateurs.
- L'intérêt de ces composants est la miniaturisation et la possibilité d'éviter d'intégrer des systèmes de refroidissement lourds et volumineux. L'inconvénient est que si le composant souffre d'une défaillance quelconque, la seule issue sera le remplacement complet du SoC.
- Les SoC de dernière génération intègrent aussi des composants spécialisés, dédiés à la reconnaissance faciale ou à la réalité augmentée.

Mot clé

La **réalité augmentée** permet la superposition, en temps réel, d'éléments réels avec des éléments virtuels comme des images, des sons, des perceptions tactiles.

2 Exemple des processeurs ARM

- Les architectures ARM, introduites à partir de 1990 par Acorn Computers, sont développées par l'entreprise anglaise ARM Ltd et elles sont de type RISC 32 bits (ARMv1 à ARMv7) et 64 bits (ARMv8). Elles deviennent très populaires avec l'avènement de la téléphonie mobile grand public à la fin des années 1990.
- Les SoC ARM bénéficient d'une faible consommation électrique et sont fabriqués par un grand nombre de constructeurs pour équiper de très nombreux matériels comme la série Exynos de Samsung ou les séries A12, A13, A14 Bionic ou M1, M2 d'Apple.

Quiz EXPRESS 39

Avez-vous bien révisé les fiches 35 à 38 ? On vérifie !

1 Empreinte carbone du numérique et biais algorithmiques

▶ FICHE 35

Parmi les propositions suivantes, lesquelles sont vraies ?

a. L'envoi ou le stockage d'un email a une empreinte carbone nulle.

b. Au niveau mondial, le numérique émet autant de CO_2 que l'aviation.

c. Les ordinateurs et smartphones n'émettent aucune pollution.

d. Il n'y a jamais aucun biais dans un programme informatique car l'ordinateur ne peut pas se tromper.

2 Processus

▶ FICHES 36 ET 37

1. Un processus est :

☐ **a.** un programme exécutable ☐ **b.** un logiciel

☐ **c.** une instance d'exécution d'un programme

2. Un processus prêt :

☐ **a.** est exécuté. ☐ **b.** a été exécuté dans le processeur.

☐ **c.** attend d'obtenir le processeur.

3. Un processus bloqué :

☐ **a.** ne peut plus s'exécuter.

☐ **b.** attend l'achèvement d'un accès à la mémoire.

☐ **c.** attend d'obtenir le processeur.

4. L'ordonnanceur :

☐ **a.** donne des instructions pour réparer des processus cassés.

☐ **b.** transforme un programme en processus.

☐ **c.** planifie l'exécution des processus.

3 Les SoC

▶ FICHE 38

Quelle est la signification du terme SoC ?

☐ **a.** Supra Order Computer ☐ **b.** System on a Chip

☐ **c.** Small Open Chip

CORRIGÉS

1 Empreinte carbone du numérique et biais algorithmiques

Réponse b.

La proposition **a** est fausse, un email est responsable de l'émission de quelques grammes à 50 g de CO_2 selon sa complexité et le nombre de destinataires.

La proposition **c** est fausse, les ordinateurs et smartphones ont une large empreinte carbone lors de leur fabrication mais aussi de leur usage (stockage sur le cloud, requêtes internet, envoi de mails, etc.).

La proposition **d** est fausse, l'ordinateur ne se trompe pas mais le programmeur peut facilement introduire des biais !

2 Processus

1. **Réponse c.** Un processus est une instance d'exécution d'un programme.
2. **Réponse c.** Un processus prêt attend d'obtenir le processeur.
3. **Réponse b.** Un processus bloqué attend l'achèvement d'un accès à la mémoire.
4. **Réponse c.** L'ordonnanceur planifie l'exécution des processus.

3 Les SoC

Réponse b. SoC = System on a Chip.

À savoir

L'entreprise ARM est une compagnie basée à Cambridge en Angleterre spécialisée dans le design de processeurs ARM de type SoC destinés à la téléphonie mobile, aux tablettes, télévisions ou ordinateurs. L'ordinateur le plus puissant du monde, le japonais Fugaku est également basé sur une telle architecture. L'entreprise ARM Ltd est rachetée par l'américain NVidia en 2020.

Le routage

☐ OK

I Qu'est-ce que le routage ?

- Un routeur peut être vu comme un ordinateur ayant au moins deux cartes réseau et donc au moins deux adresses IP (une par carte).

Voici un exemple de réseau local qui nous servira de support.

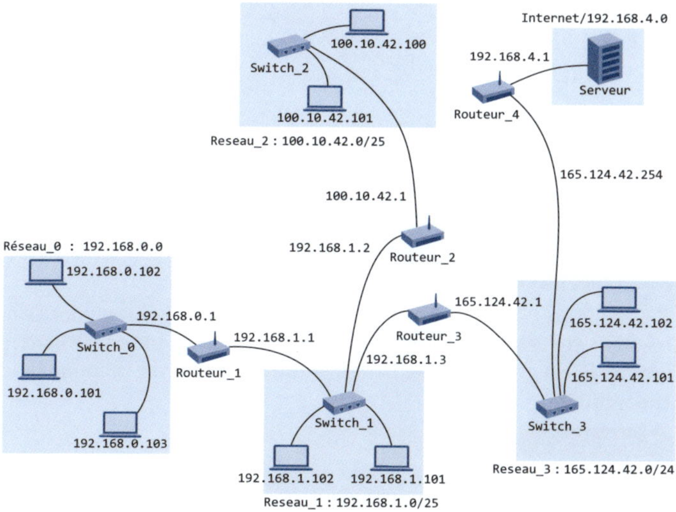

- Chaque routeur reçoit des données et doit décider à qui les transmettre. Pour cela, il dispose de **tables de routage** construites statiquement (par un humain) ou dynamiquement (par un programme). Par exemple, comment le routeur 2 peut-il savoir comment accéder à Internet ? Soit un administrateur a mis le chemin statiquement dans les tables, soit le routeur 3 va lui dire de venir le voir.

II Utilisation des tables de routage

- Une trame arrive en couche 1 ▶ FICHES BAC NSI 1re, FICHE 35 et est traduite logiquement dans la couche 2 sous la forme :

MAC dest	MAC source	...	IP src	IP dest	Data	...

- Un routeur lit l'adresse MAC du destinataire. Si ce n'est pas la sienne, il rejette la trame, sinon il envoie le paquet IP à la couche 3. Le protocole IP lit l'adresse IP du destinataire. Si elle est dans son réseau local, il l'envoie à la machine concernée, sinon il regarde dans sa table à quel nouveau routeur il va l'adresser (passerelle, *gateway* en anglais).
- Voici une table possible et simplifiée du routeur 1 :

Destination	Passerelle (Gateway)
192.168.0.0/25	192.168.0.1
192.168.1.0/25	192.168.1.1
0.0.0.0/0	192.168.1.3
100.10.42.0/25	192.168.1.2

- Les deux premières lignes indiquent les passerelles vers les deux réseaux directement attachés au routeur.

La troisième ligne correspond au chemin par défaut vers internet : il doit se diriger vers le routeur 3.

La dernière ligne correspond au réseau qui n'est pas accessible par les passerelles précédentes.

- Dans notre réseau exemple, voici le chemin proposé pour aller de la machine `192.168.0.102` vers la machine `100.10.42.100` en utilisant le logiciel Filius avec le fichier d'exemple reseauPB1.fls et la commande `traceroute` :

À télécharger

Le fichier reseauPB1.fls à télécharger sur le site des éditions Hatier : hatier-clic.fr/20nsi01 que vous pourrez ouvrir après avoir installé le logiciel Filius (https://www.lernsoftware-filius.de/Herunterladen). Tapez alors Ctrl-R (run) pour lancer la simulation du réseau, clic droit sur une machine (la 192.168.0.102 par exemple) puis clic sur l'icône « Ligne de commande ».

```
$ traceroute 100.10.42.100
Établissement de la connexion avec 100.10.42.100 (en
20 sauts max.).
    1    192.168.0.1
    2    192.168.1.2
    3    100.10.42.100

100.10.42.100 a été atteint en 3 sauts.
```

Algorithmes de routage dynamique

41

☐ OK

I Routage et taille des réseaux

- Les protocoles de routage dépendent de la taille du réseau. Nous n'étudierons que les réseaux de petite ou moyenne taille.
- Dans des réseaux plus complexes (par exemple Internet), il est difficile de maintenir voire de mettre en œuvre un routage statique. Internet est lui-même divisé en systèmes autonomes (*autonomous systems*, AS) à travers le monde. Il y en avait 36 000 en 2011, 96 000 en mai 2020 (27 629 aux USA, 4 en Mauritanie…).
- Les routeurs mettent à jour leurs tables en fonction des tables des routeurs voisins. Il existe deux grands groupes d'algorithmes au programme de Terminale parmi les routeurs appartenant à un même AS.

II Algorithme à vecteur de distances RIP (*Routing Information Protocol*)

- C'est historiquement le premier algorithme de routage. L'idée est que chaque routeur associe à chaque destination possible la plus courte distance en sauts (*hop*), c'est-à-dire en nombre de routeurs traversés pour aller au réseau.
- Chaque routeur a d'abord dans sa table les réseaux directement accessibles sans passer par un autre routeur (donc à une distance 0).

Ensuite, périodiquement (toutes les 30 s), chaque machine écoute les annonces des passerelles (les *gateaways*, qui permettent de sortir du réseau local) publiant leurs tables : elle met ainsi à jour ses propres tables si des chemins plus courts ou de nouvelles destinations apparaissent. Les distances sont mises à jour ainsi que le nom du premier routeur qu'il faut joindre pour accéder au réseau : distance + direction = vecteur.

Si un réseau n'apparaît plus dans les annonces, au bout d'un certain temps (3 minutes) il est supprimé des tables.

- Les trois caractéristiques principales qui distinguent l'algorithme RIP de l'algorithme alternatif OSPF sont :
  – la distance est mesurée en nombre de sauts ;
  – chaque routeur n'a d'information que sur ses voisins (en terme de saut : *next hop*) donc n'a pas de vision globale du réseau (on parle de *routing by rumor*) ;

– il y a une distance maximum permise de 15 sauts (16 représente l'infini) et les tables ont 25 entrées au maximum.

À noter

Cet algorithme ne peut s'appliquer qu'à de petits réseaux et est sensible à certaines attaques.

III Algorithme à état de liaison OSPF (*Open Shortest Path First*)

- OSPF a été mis au point pour pallier certaines faiblesses de RIP. Son fonctionnement est plus efficace mais plus complexe.

Retenons seulement quelques grands principes :

• Les routeurs ont une « vision » globale du réseau car ils reçoivent des informations de tout le réseau (mais de manière intelligente et efficace). Tous les routeurs ont donc une connaissance identique du réseau.

• Les distances sont mesurées de manière plus fine : on tient compte du nombre de sauts mais aussi du débit de chaque « câble » reliant deux routeurs par exemple, en général c'est le rapport entre une bande passante de référence et celle du câble exprimées dans la même unité. Les **débits binaires** sont souvent donnés en kbps ou kb/s (kilobits par seconde) ou Mb/s (megabit par seconde).

- Chaque réseau peut être schématisé par un graphe (vision *topologique* du réseau). Dans l'exemple ▶ FICHE 40, les routeurs et les switchs sont les sommets, leurs liaisons sont les arêtes, les étiquettes des arêtes sont les coûts. Voici la représentation topologique du réseau permettant de déterminer le chemin de la machine 192.168.0.101 vers Internet :

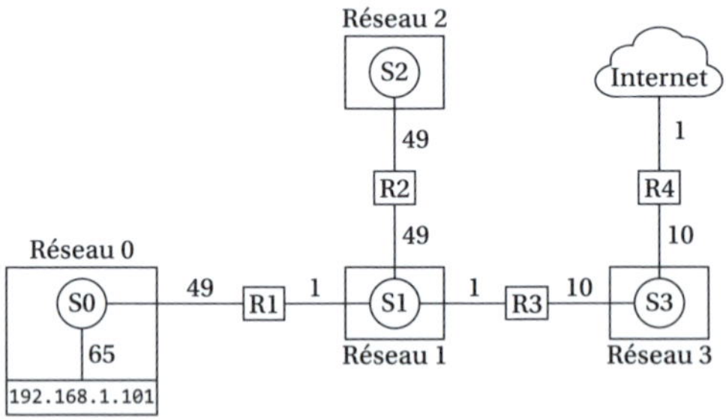

- On applique alors l'algorithme de Dijkstra ▶ FICHE 24 pour obtenir les routes les moins coûteuses et sans cycle. Chaque routeur devient alors la racine d'un arbre qui contient les meilleures routes.

La sécurisation des communications : HTTPS

42

☐ OK

I Le chiffrement symétrique

- Depuis l'antiquité, les êtres humains ont cherché à sécuriser leurs communications, notamment dans le domaine militaire. Le code le plus connu est celui de Jules César, plus techniquement dénommé *chiffrement par décalage* : on décale en effet chaque lettre de l'alphabet d'un certain nombre de rangs fixe qui est appelé la clé de chiffrement. Par exemple avec la clé 3, A devient D, B devient E, etc.

- Cette clé doit rester secrète car sa connaissance permet de déchiffrer un message. C'est l'un des inconvénients des chiffrements symétriques. Même si la clé est gardée secrète, un chiffrement symétrique doit avoir une clé suffisamment compliquée pour ne pas être attaquée. Dans le cas du chiffrement par décalage, il y a 25 clés possibles ce qui n'est pas compliqué à attaquer par force brute.

> **Mot clé**
>
> Effectuer une attaque par **force brute** signifie ici essayer toutes les clés possibles sans stratégie jusqu'à trouver la clé.

- Le standard actuel, AES (*Advanced Encryption Standard*), a une clé qui peut avoir une taille allant jusqu'à 256 bits ce qui laisse 2^{256} possibilités soit environ 10^{77} clés à tester ! Les attaques, alors, ne se portent pas sur le message lui-même mais sur les machines qui implémentent le programme de chiffrement.

II Le chiffrement asymétrique

- Pour résoudre le problème d'échange de la clé secrète, Whitfield Diffie et Martin Hellman présentèrent en 1976 le principe d'un chiffrement à clé publique dont voici une présentation simplifiée.

Albert veut envoyer un message à Barbara :

- Barbara fabrique un cadenas (sa clé publique) et une clé pour l'ouvrir (sa clé privée). Le cadenas doit être suffisamment compliqué pour ne pas être ouvert sans clé. La clé privée n'est connue que de Barbara.
- Barbara envoie en clair sa clé publique à Albert (son cadenas ouvert) : tout le monde peut la voir.
- Albert utilise la clé publique pour chiffrer son message (il enferme son message dans une boîte fermée avec le cadenas). Connaître la clé publique ne suffit pas à déchiffrer le message sans connaître la clé privée (contempler le cadenas ne suffit pas à l'ouvrir sans clé).

• Barbara ouvre le cadenas avec sa clé privée qui n'a pas quitté son bureau donc n'a pas pu être interceptée.

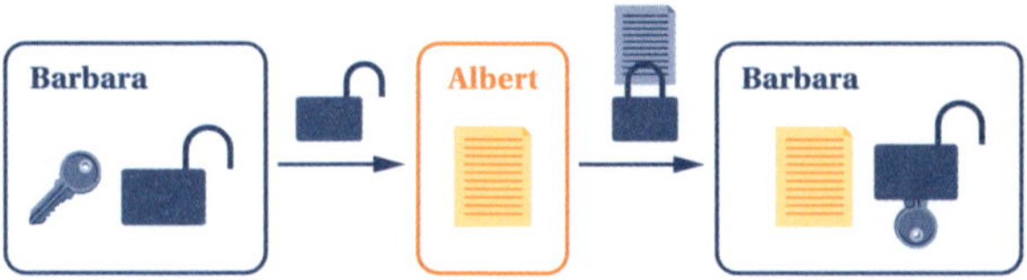

● En 1978, Rivest, Shamir et Adleman mettent ce principe en pratique. Ils proposent un algorithme qui porte leurs initiales, RSA, qui utilise des théorèmes d'arithmétique, notamment le petit théorème de Fermat (étudié par les élèves de l'option maths expertes).

III Le protocole HTTPS

● L'échange de données par le protocole HTTP présente plusieurs failles dont les principales sont :
– les données transitent en clair et peuvent être lues par un tiers ;
– un tiers peut se faire passer pour le serveur et recevoir les données transmises par le client.

● Le protocole SSL, qui a évolué en TLS, permet, au niveau de la couche de session – couche 5 du modèle OSI ▶ FICHES BAC NSI 1re, FICHE 35, de combler ces deux failles.

● Décrivons le protocole HTTPS en considérant un échange entre un client et un serveur selon le protocole HTTP mais avec quelques ajouts :

• Le client envoie une demande de connexion sécurisée au serveur (*Hello*).

• Le serveur envoie alors sa clé publique (asymétrique) et sa signature.

• Le client vérifie la signature en faisant appel à des autorités de certification (CA, *certificate authorities*) extérieures.

• Après vérification que le serveur n'est pas frauduleux, le client génère une clé de chiffrement symétrique (AES), sa clé de session, et le chiffre avec la clé publique du serveur. Elle transite donc en toute sécurité.

• Le serveur reçoit donc la clé symétrique en toute sécurité. C'est la fin de la phase de poignée de main (*handshake*) entre client et serveur.

• Client et serveur peuvent maintenant s'échanger « rapidement » des données en utilisant la clé de session qu'ils sont les seuls à connaître.

● On trouve le même type d'utilisation de TLS pour sécuriser l'échange d'emails.

Quiz EXPRESS

Avez-vous bien révisé les fiches 40 à 42 ? On vérifie !

43

1 Routage

▶ FICHES 40 ET 41

1. Il y a une adresse IP par ordinateur :

☐ **a.** Vrai ☐ **b.** Faux

2. Quel est l'ordre de grandeur du nombre de systèmes autonomes qui composent Internet en 2020 ?

☐ **a.** 100 ☐ **b.** 1 000 ☐ **c.** 10 000 ☐ **d.** 100 000

3. Dans le protocole RIP, la distance entre deux routeurs correspond :

☐ **a.** au nombre de systèmes autonomes traversés.

☐ **b.** au nombre de routeurs traversés.

☐ **c.** au nombre de kilooctets transitant entre les deux machines par seconde.

4. Pour déterminer le chemin à suivre, le protocole OSPF utilise l'algorithme :

☐ **a.** de Bellmann-Ford ☐ **b.** de Google-Maps

☐ **c.** de Dijkstra ☐ **d.** de Viterbi

2 Sécurisation

▶ FICHE 42

1. En cryptographie, les initiales RSA correspondent à :

☐ **a.** *Robust System of Algorithms*

☐ **b.** *Random Security Algorithm*

☐ **c.** Randolph Scott Adenauer

☐ **d.** Rivest Shamir Adleman

2. L'algorithme AES est un algorithme de :

☐ **a.** chiffrement symétrique

☐ **b.** chiffrement asymétrique

☐ **c.** chiffrement dissymétrique

☐ **d.** chiffrement privé

3. La clé de chiffrement d'un codage de César est 3. Sa clé de déchiffrement est :

☐ **a.** 3 ☐ **b.** 23 ☐ **c.** −23 ☐ **d.** −3

CORRIGÉS

1 Routage

1. Réponse b.
Faux, il y a une adresse IP par carte réseau, un ordinateur pouvant avoir plusieurs cartes réseaux, il peut avoir plusieurs adresses IP un instant donné.

2. Réponse d.
Il y avait environ 96 000 systèmes autonomes en mai 2020.

3. Réponse b.
La distance est mesurée en nombre de routeurs traversés (*hops*).

4. Réponse c.
L'algorithme de Dijkstra permet de déterminer le plus court chemin d'un sommet à l'autre d'un graphe pondéré ▶ FICHE 24.

2 Sécurisation

1. Réponse d.
Ronald Rivest, Adi Shamir et Leonard Adleman publient l'algorithme RSA en 1978.

2. Réponse a.
AES (*Advanced Encryption Standard*) est le standard actuel de chiffrement symétrique.

3. Réponse d.
Un décalage de 3 transforme A (code 65) en D (code 65 + 3 = 68). Pour revenir en arrière, il faut soustraire 3.

À noter

Représentation d'un réseau avec un graphe : pour illustrer un réseau suivant le protocole OSPF, commencez par représenter le réseau par un graphe dont les sommets sont les routeurs et les switchs, dont les arêtes sont les liaisons et dont les étiquettes sont les distances (rapport entre le débit de référence et leurs débits binaires). Appliquez ensuite l'algorithme de Dijkstra.

Programmes et données

44

☐ OK

I L'interpréteur Python

- Lorsque nous lançons la commande : `python prog.py`, il y a bien un programme derrière la commande `python`. Ce programme prend `prog.py` en entrée et le lance en procédant au passage à des vérifications, puis exécute et affiche ce qui est demandé dans `prog.py` et s'arrête.
- On désigne cette commande `python` sous le nom d'**interpréteur Python** ▶ FICHE 45.
- Le cycle d'un interpréteur est le suivant : lire et vérifier une instruction, si l'instruction est correcte l'exécuter, puis passer à l'instruction suivante.
- Nous pouvons en conclure que cet interpréteur Python prend en entrée des programmes, les exécute ligne après ligne.

Mot clé

On parle parfois aussi de REPL (*Read Eval Print Loop* ou boucle de lecture/évaluation) lorsqu'on lance l'interpréteur Python pour obtenir l'invite >>>.

- Si un programme met plus d'une minute à s'exécuter, que devons-nous en conclure ? Ce programme est peut-être un peu long à répondre, à moins qu'il ne soit parti dans une boucle infinie ? Peut-on le prévoir à l'avance en analysant le code du programme de manière automatique ? ▶ FICHE 47

II Des programmes de test

- Un programme de test comme `pytest.main` ▶ FICHE 3 prend également en entrée une liste de programmes et lance tous les tests qu'ils contiennent :

```
>>> import pytest
>>> pytest.main(["test_prog1.py", "test_prog2.py"])
```

- Il s'agit ici d'un programme qui pilote et lance d'autres programmes de test qui vont vérifier le comportement de certaines fonctions. Ces tests peuvent être lancés automatiquement, couplés à des systèmes de gestion de version comme git. On parle alors d'**intégration continue**.
- Les décorateurs Python sont un autre exemple de fonction qui prend en entrée une fonction pour retourner une fonction « décorée ».

III Virus et antivirus

- Un programme antivirus se lance sur un système d'exploitation (OS) donné et examine tous les fichiers susceptibles d'être infectés, au premier rang desquels on trouve tous les fichiers exécutables installés dans l'OS. Il s'agit donc bien ici d'un programme qui scanne d'autres programmes pour essayer d'y trouver éventuellement des séquences suspectes.
- Le virus, quant à lui, est un programme qui vise à installer des séquences de code malveillant et qui cherche à se répliquer et ainsi infecter d'autres fichiers ou machines. C'est donc encore un programme qui prend en entrée des programmes pour en produire d'autres, infectés.

IV Un système d'exploitation

- Les systèmes informatiques d'aujourd'hui sont des programmes très complexes qui doivent gérer d'autres programmes en leur donnant accès à certaines ressources comme les systèmes de fichiers ou les réseaux, tout en veillant, dans la mesure du possible, à ne jamais s'arrêter.
- Nous avons étudié en Première l'interpréteur Bash dont beaucoup de commandes prennent en entrée des listes de fichiers qui peuvent ou non être des programmes. Dans un système d'exploitation moderne, la distinction entre programme et donnée est très ténue et perméable !
- Cette perméabilité a été un grand facteur de progrès permettant la construction de véritables cathédrales que sont les systèmes d'exploitation modernes grâce aux outils puissants que sont les interpréteurs et compilateurs ▶ FICHE 45. Nous la retrouverons dans les aspects théoriques comme le problème de l'arrêt ▶ FICHE 48.

V Développement hybride

- De nombreuses plateformes logicielles modernes permettent de développer des applications multi-plateformes, comme Electron pour des applications de bureau ou Flutter qui permet de cibler différentes plateformes mobiles à partir d'un code unique. Unity3D permet le développement de jeux vidéo multi-plateformes.
- Tous ces outils utilisent des techniques de **développement hybride**. On écrit une seule version du code et on peut ensuite cibler une multiplicité de plateformes comme Android, iOS, Linux, Windows, MacOS, etc. à partir de cet unique développement. On voit ici que la plateforme est un outil logiciel qui prend en entrée un code donné et fournit en sortie différentes applications adaptées.

Interprétation et compilation – Bytecode

45

☐ OK

I Langage machine et bytecode

> **Mot clé**
>
> Une **correspondance biunivoque** fait correspondre un élément d'un ensemble à un autre élément d'un autre ensemble.

- La plupart des langages modernes sont traduits en bytecode qui est un langage d'assemblage de haut niveau ▶ FICHES BAC NSI 1re, FICHE 31, et il existe une correspondance biunivoque entre ce langage d'assemblage et le langage machine de bas niveau compris par un système cible donné, c'est-à-dire des suites de 0 et de 1. Le bytecode est utilisé comme représentation intermédiaire avant la transformation en code machine pour l'architecture cible (x86, ARM, MIPS, etc.).
- Par exemple, si nous écrivons en Python ce morceau de code :

```
def succ(n):
    return n + 1
```

Nous pouvons demander à la librairie `dis` de le désassembler, c'est-à-dire de trouver son équivalent en langage d'assemblage (ici du bytecode Python) en invoquant `dis.dis(succ)`. Il s'agit essentiellement d'un appel à l'opération d'addition, en langage d'assemblage :

```
0 LOAD_FAST              0 (n)
2 LOAD_CONST             1 (1)
4 BINARY_ADD
6 RETURN_VALUE
```

II Interprétation et compilation

- Un langage interprété est un langage dans lequel les instructions ne sont pas directement exécutées par la machine cible, mais lues et exécutées une à une par un programme externe (qui est normalement écrit dans le langage de la machine cible). Une opération « + » est ainsi reconnue par l'interpréteur lors de l'exécution, qui appelle alors sa propre fonction `add(a, b)` avec les arguments appropriés, qui déclenche ensuite l'exécution de l'instruction « ADD » en langage machine.
- Un langage compilé est un langage où le programme, une fois compilé, est exprimé dans les instructions d'un langage d'assemblage de

plus bas niveau adapté à un système spécifique. Le processus de compilation peut comporter plusieurs étapes dont une étape de liaison avec des librairies externes avant de produire un exécutable pour la plateforme donnée.

- Les langages interprétés et compilés peuvent coder les mêmes algorithmes, comme réaliser l'addition de 2 nombres en Bash ou en langage C (ce dernier langage est compilé).

- Les procédés de compilation ou d'interprétation présentent des avantages et des inconvénients lors de leur mise en œuvre et ne forment pas deux catégories étanches. Dans tous les cas, le procédé commence par effectuer une *analyse lexicale* pour repérer les entités fondamentales d'un programme, aussi appelées *tokens*, comme les noms de variables, de fonctions, les mots-clefs du langage, ou encore les expressions. Puis il vérifie si le programme respecte bien une certaine structure tout en l'exécutant s'il s'agit d'un langage interprété ou en le traduisant en langage cible ou en bytecode.

- L'outil fondamental lors de cette analyse lexicale, comme lors des étapes ultérieures du processus de vérification syntaxique et de traduction, est la *grammaire*. Voici un exemple simple de grammaire qui génère des expressions comme `(3+5)*((7-3)+9)` en partant de `expr` :

```
expr     ::= expr + terme | expr - terme | terme
terme    ::= terme * facteur | facteur
facteur ::= ( expr ) | NUM
NUM      ::= 0 | 1 | 2 | 3 | 4 | 5 | 6 | 7 | 8 | 9
```

- Pour les langages à base de bytecode, comme Java ou Python, les instructions peuvent être compilées à la volée (*just-in-time* ou JIT) lors de l'exécution pour obtenir le code natif approprié à la machine hôte. Les dossiers `__pycache__` que l'on peut trouver dans un répertoire de travail contiennent ce bytcode en Python (version $\geqslant 3$).

Production de bytecode et exécution d'un programme Python

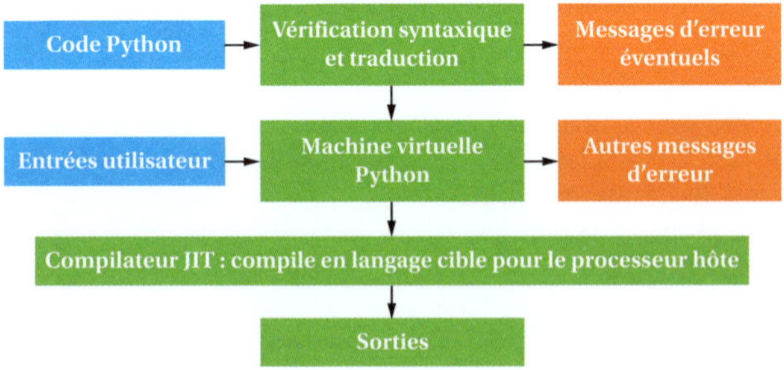

Trois femmes entrées dans l'histoire de l'informatique

46

☐ OK

I Ada Lovelace

- Au premier rang des « informaticiennes », on trouve Augusta Ada King, comtesse de Lovelace (1815-1852) fille du poète maudit Lord Byron et d'Anne Isabella Milbanke, aristocrate férue de mathématiques.
- Après son mariage, elle reprend des études de mathématiques à l'âge de 25 ans, alors qu'elle a déjà trois enfants, sous la direction du logicien Auguste De Morgan. Elle collabore ensuite avec Charles Babbage pour développer son idée de machine à calculer programmable qu'il appelle la machine analytique ▶ FICHES BAC NSI 1re, FICHE 9.
- Elle inspire de nombreuses idées à Babbage et imagine déjà les développements futurs de l'informatique. À l'âge de 27 ans, elle traduit un article de Luigi Menabrea sur la machine de Babbage et y ajoute de très longues notes dont la Note A dans laquelle elle déclare que la machine « tisse des motifs algébriques comme le métier de Jacquard tisse des fleurs et des feuilles » et y esquisse des usages beaucoup plus généraux de l'informatique, et des intuitions sur la nature du calcul.

À noter

La Note G qui décrit comment calculer la suite des nombres de Bernoulli de manière programmatique est souvent considérée comme le premier programme informatique jamais écrit ! Ada y déclare aussi son scepticisme sur l'avènement éventuel d'une véritable IA.

II Grace Hopper

- Grace Murray Hopper (1906-1992) est une informaticienne américaine. Elle s'engage dans l'armée durant la Seconde Guerre mondiale où elle intègre l'équipe de développement du Mark I qui fut le premier grand calculateur de l'histoire (15 m de haut, 2,5 m de large) et collabore à la conception de ses successeurs le Mark II et le Mark III.

- L'équipe du Mark II popularisa le terme de *bug* informatique en référence à un insecte qui s'était glissé entre les connexions et avait perturbé les calculs. Grace Hopper travaille ensuite dans le privé où elle met au point le premier éditeur de liens A0-System et l'un des premiers compilateurs FLOW-MATIC, précurseur de COBOL.
- COBOL est toujours utilisé et beaucoup d'entreprises recherchent cette compétence pour entretenir de vieux logiciels. Grace Hopper collabore aussi à l'établissement des normes du langage scientifique FORTRAN. Un destroyer de l'U.S. Navy est baptisé en son nom en 1996.

À noter

Grace Murray Hopper a tellement l'habitude de calculer en base 8 pour ses logiciels qu'elle effectue la plupart de ses calculs, y compris dans la vie quotidienne, dans cette base, ce qui ne manque pas de lui causer quelques tracas ! Depuis, la base 8 et la base 16 sont devenus des connaissances de base en informatique.

III Margaret Hamilton

- Margaret Hamilton est née en 1936 aux États-Unis. Elle suit des études de mathématiques qui la conduisent à travailler pour Edward Lorenz au département météorologie du MIT. Elle contribue à l'élaboration de la théorie du chaos et de l'« effet papillon » par Lorenz en développant les premiers logiciels de prévision météo.
- Elle travaille ensuite pour l'U.S. Air Force avant de rejoindre un autre laboratoire du MIT, celui de Charles Draper qui travaille sur la mission Apollo. Margaret Hamilton y dirige l'équipe chargée de développer les logiciels de vols des vaisseaux spatiaux. Elle met alors en place un système élaboré de gestion des priorités où le programme se reconfigure pour gérer au mieux les tâches essentielles en cas de situation d'urgence, comme cela arriva lors de l'atterrissage d'Apollo 11 sur la Lune.

À noter

Le **code source** de la mission Apollo 11 a été retrouvé et publié en ligne sur Github : https://github.com/chrislgarry/Apollo-11.

- Margaret Hamilton est également créditée de l'invention du terme *software engineering* ou ingénierie logicielle.

Histoire de la théorie de la calculabilité

47

☐ OK

I Les problèmes de Hilbert

David Hilbert

- En 1900, un des plus grands mathématiciens de l'époque, David Hilbert (1862-1943) énonce ce que l'on appellera plus tard le « Programme de Hilbert », à savoir une liste des 23 plus grands problèmes qui, selon lui, restaient à résoudre en mathématiques.
- Le programme de Hilbert adopte une démarche *formaliste* qui postule que toute théorie mathématique est fondée sur des *axiomes* considérés comme vrais *a priori* et que toutes les vérités de la théorie, les *théorèmes*, doivent être démontrés en un nombre fini d'étapes de manière mécaniquement vérifiable (par un algorithme).

II La logique implacable de Gödel

Kurt Gödel

- En 1930, un jeune mathématicien autrichien, Kurt Gödel (1906-1978), met fin au rêve formaliste de Hilbert et démontre son premier **théorème d'incomplétude** qui stipule que dans toute axiomatique des mathématiques contenant au moins les axiomes de l'arithmétique, il existe des **propositions vraies mais qui sont indémontrables dans la théorie**.
- Ce théorème fait l'effet d'un coup de tonnerre dans le petit cercle des mathématiciens mais dépasse rapidement ce cadre et affecte aussi grandement l'informatique naissante, influençant notamment des mathématiciens comme Alonzo Church et Alan Turing.
- De manière très schématique, la preuve de Gödel consiste – à travers un codage numérique des propositions et de la véracité mathématique – à construire, au sein de la théorie, une proposition $\mathcal{P}$ du style « Je ne suis pas démontrable ».

Cette proposition mène à une conclusion inattendue. En effet, si nous supposons $\mathcal{P}$ fausse, alors cela signifierait « Je suis démontrable » et donc $\mathcal{P}$ serait vraie ! C'est impossible, donc $\mathcal{P}$ est à la fois vraie et indémontrable.

III Le problème de la décision et celui de l'arrêt

- David Hilbert formula un nouveau problème en 1928 : le **problème de la décision** ou *Entscheidungsproblem* en allemand. La question est « Y a-t-il un algorithme qui, étant donné un système formel et une proposition logique dans ce système, pourra décider sans ambiguïté si cette proposition est vraie ou fausse dans le système formel ? »

- En 1936, Alonzo Church (1903-1995) et Alan Turing montrent de manière indépendante que la réponse à cette question est négative.

Alonzo Church

- Alan Turing (1912-1954) est un mathématicien anglais. Il présente sa machine en 1936, rebaptisée « machine de Turing » par son directeur de thèse Alonzo Church ▶ FICHES BAC NSI 1re, FICHE 37. Cette machine n'a pas de finalité pratique bien qu'elle ait été réellement fabriquée et que de nombreux simulateurs existent. C'est plutôt une machine conceptuelle qui permet d'expliciter de manière précise ce qu'est un programme et de présenter de manière rigoureuse des algorithmes de tous genres, de trouver des limites à ce qui est calculable et de permettre l'exploration systématique de la complexité algorithmique à travers un modèle simple et non ambigu de calcul.

Alan Turing

- Turing pose alors le problème suivant : « Existe-t-il un programme qui, prenant en entrée un autre programme et son entrée, determine si ce programme finit par s'arrêter avec cette entrée ou boucle indéfiniment ? »

Il répond par la négative ▶ FICHE 48 et montre que ce **problème de l'arrêt** répond aussi au problème de la décision. Church propose une preuve indépendante du même résultat grâce à son formalisme du λ-calcul.

- Turing participe ensuite au décodage des messages allemands envoyés notamment à leur flotte sous-marine et codé avec l'Enigma, puis à la conception et la programmation des premiers ordinateurs anglais fondés sur l'architecture de von Neumann ▶ FICHES BAC NSI 1re, FICHE 30. Il propose aussi les premières méthodes de preuve de correction de programme. Il s'intéresse ensuite à l'IA en proposant notamment le *Test de Turing* puis à la morphogenèse en expliquant l'origine de certaines formes chez l'animal ou le végétal.

Le problème de l'arrêt

48

☐ OK

I Preuves du théorème de l'arrêt

1 Preuve « moderne » par l'absurde

- Supposons qu'il existe une fonction Python `arret(prog, x)` qui termine toujours son exécution et retourne `True` si la fonction Python `prog` s'arrête lorsqu'on lui passe en argument `x`. Construisons alors une nouvelle fonction `diag(x)` :

```
def diag(entree):
    if arret(entree, entree):
        while True:
            pass
    else:
        return True
```

- Quel est le résultat de l'appel `diag(diag)` ?

Cet appel s'arrête si et seulement si `arret(diag, diag)` retourne `False` c'est-à-dire si et seulement si l'appel `diag(diag)` ne s'arrête pas. Nous sommes donc face à une contradiction !

- Notre hypothèse qu'un tel programme existe est donc erronée : le **problème de l'arrêt est indécidable** !

2 Preuve de Turing

- Turing a conçu une classe de machines particulières : les *machines de Turing universelles* qui permettent de simuler le fonctionnement de toute autre machine de Turing sur une entrée au choix. Ces machines lui permettent de mettre en place un raisonnement similaire.
- Parallèlement, Alonzo Church propose le modèle du λ-calcul dans lequel il mène un raisonnement le conduisant à une variante du même résultat (décider si deux programmes font exactement la même chose, quelles que soient leurs entrées). Les deux logiciens sont grandement influencés par le théorème d'incomplétude de Gödel.

II Le théorème de Rice

- Le théorème de Rice généralise l'indécidabilité du problème de l'arrêt. Il énonce que « toute propriété sémantique non triviale d'un programme est indécidable ».

- Les propriétés sémantiques concernent le comportement d'un programme. Par exemple, il n'existe pas d'algorithme général répondant de manière systématique aux questions suivantes :
– « le programme ne renvoie jamais 42 » ;
– « le programme ne provoque jamais une erreur d'exécution » ;
– « le programme renvoie les mêmes résultats qu'un programme donné » ;
– « le programme contient un virus ».

III La thèse de Church-Turing

- En langage simplifié d'aujourd'hui, la thèse de Church, rebaptisée ultérieurement thèse de Church-Turing, stipule que toutes les notions de procédures effectives, d'algorithmes que nous puissions imaginer sont calculables par des machines de Turing, ou des fonctions du λ-calcul, ou des programmes écrits en Python, en Java…

Mot clé

Une **thèse** consiste ici à affirmer, sans le démontrer, qu'une notion intuitive correspond exactement à une notion formelle. Toute démonstration est impossible, il est seulement possible de la falsifier ou d'apporter des arguments en faveur ou en défaveur.

- Les fonctions calculées par tous les modèles de calcul envisageables coïncident, y compris les programmes que vous écrirez dans les futurs ordinateurs quantiques ! Les résultats décrits ci-dessus ont donc bien une portée universelle.

IV Classes de complexité P et NP

- Les machines de Turing constituent un outil important dans le domaine des classes de complexité algorithmique et en particulier dans la détermination des classes de problèmes que l'on peut résoudre dans un temps « raisonnable », c'est-à-dire qui augmente de façon polynômiale en fonction de la taille des entrées. On appelle cette classe P.

- Une autre classe de problèmes est celle des problèmes difficiles dont le temps de calcul augmente exponentiellement en fonction de la taille des entrées, on appelle cette dernière classe de problèmes NP. Plus précisément, un problème de décision est NP s'il est décidé par une machine de Turing non déterministe en temps polynomial par rapport à la taille de l'entrée. On peut citer comme problèmes NP le problème du voyageur de commerce qui doit relier n villes ou le problème du sac à dos. Une des grandes questions ouvertes de l'informatique aujourd'hui est de savoir si P = NP.

Quiz EXPRESS

49

Avez-vous bien révisé les fiches 44 à 48 ? On vérifie !

1 Programmes et données

▶ FICHE 44

Quelles sont les situations où un programme peut être considéré comme une donnée parmi les exemples suivants ?

☐ **a.** Un compilateur et un code source

☐ **b.** Un virus informatique et les fichiers infectés

☐ **c.** Un programme Python et une base de données

2 Interprétation et compilation

▶ FICHE 45

Le langage Python :

☐ **a.** est un langage interprété.

☐ **b.** est un langage qui se compile directement en langage machine cible de la plateforme.

☐ **c.** se compile en bytecode.

3 Trois femmes entrées dans l'histoire de l'informatique

▶ FICHE 46

Qui est à l'origine du premier compilateur et du langage COBOL ?

☐ **a.** La comtesse Ada de Lovelace ☐ **b.** Grace Hopper

☐ **c.** Margaret Hamilton ☐ **d.** Blaise Pascal

4 Le théorème de l'arrêt

▶ FICHE 48

Le théorème de l'arrêt en informatique théorique :

☐ **a.** s'intéresse à optimiser les horaires des arrêts des autobus dans un réseau.

☐ **b.** stipule qu'il n'existe pas de programme qui prend en entrée un programme et sa donnée et répond systématiquement à la question de savoir si ce programme s'arrêtera ou non sur cette donnée.

☐ **c.** stipule qu'on ne peut jamais savoir si un programme particulier donné va s'arrêter sur une entrée.

CORRIGÉS

1 programmes et données

Réponses a et b.
En effet, dans la proposition **c**, une base de données n'est pas un programme.

2 Interprétation et compilation

Réponses a et c.
Python est interprété et se compile en bytecode.

À noter

L'extension Cython de Python permet d'écrire des extensions de code en langage C ou C++ et de les utiliser aisément en Python.

3 Trois femmes entrées dans l'histoire de l'informatique

Réponse b.
Grace Hopper est à l'origine du premier compilateur et du langage COBOL.

4 Le théorème de l'arrêt

Réponse b.
Attention ! **c** n'est pas exact car pour un programme donné, par exemple la fonction qui calcule le carré d'un nombre, on sait très bien qu'elle va s'arrêter dans tous les cas.

À noter

Le théorème de l'arrêt ne veut pas dire qu'on ne peut pas savoir si un programme donné va s'arrêter ou non. Pour un programme particulier, on peut généralement le dire, même si pour certains programmes trop complexes comme des systèmes d'exploitation on ne le sait pas avec certitude !

Vers la programmation dynamique

50

☐ OK

I De l'approche DR à la programmation dynamique (DP)

- Dans l'approche **diviser pour régner** (DR) ▶ FICHE 7 appliquée sur les exemples de tri fusion ou de la recherche dichotomique, nous avons utilisé comme outils la récursivité et la création de sous-problèmes indépendants dont la résolution permet de traiter le problème initial.
- Cette approche est améliorée par la technique de la mémoïsation. Dans l'approche de la **programmation dynamique** (DP), les sous-problèmes se recoupent parfois et sont réutilisés dans la résolution de plusieurs problèmes différents. Nous allons le voir en reprenant l'exemple de la suite de Fibonacci.

II Exemple de redondance avec Fibonnaci

- Partons d'une fonction `fibo()` classiquement définie de manière récursive par :

```
def fibo(n):
    if n <= 1:
        return n
    return fibo(n - 1) + fibo(n - 2)
```

- On obtient l'**arbre des appels** suivant en lançant `fibo(5)` où l'on voit que la démarche n'est pas efficace car de nombreux appels (indiqués en orange) sont **redondants**. La mémoïsation ▶ FICHE 8 améliore fortement l'efficacité de l'algorithme.

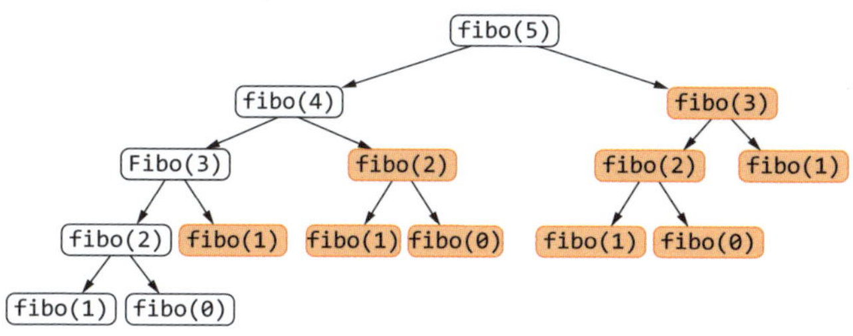

III Mémoïsation d'une fonction quelconque

- Une version mémoïsée de fonction fibonacci est proposée ▶ FICHE 8. L'arbre des appels correspondant est plus simple car tous les appels indiqués en orange ont déjà été calculés et leur valeur est immédiatement disponible.

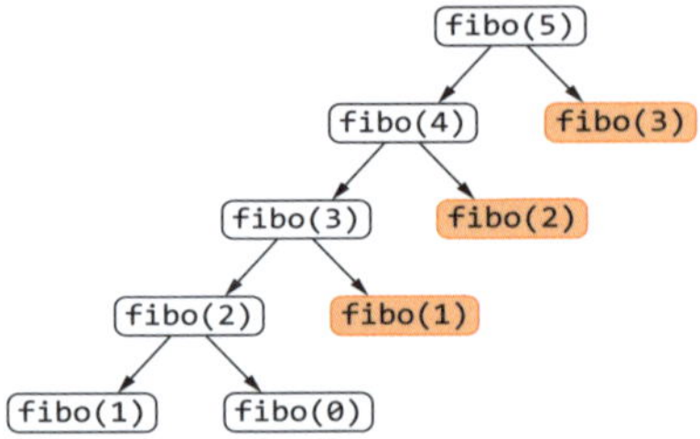

- Le décorateur de mémoïsation : `lru_cache` dans le module `functools` met en place une mémoïsation pour la fonction décorée :

```
from functools import lru_cache
@lru_cache(maxsize=None)
def fibonacci(n):
    if n < 2:
        return n
    return fibonacci(n - 1) + fibonacci(n - 2)
```

- Les méthodes vues à ce stade sont de type DR « *top-down* » ou « haut-bas ».

IV Démarche « bas vers haut »

- La démarche inverse de type itérative « bottom-up », du bas vers le haut, est également possible, par exemple pour `fibo` :

```
def fibo_bas_haut(n, liste):
    liste = [0] * (n+1)
    liste[1] = 1
    for i in range(2, n+1):
        liste[i] = liste[i - 1] + liste[i - 2]
    return liste[n]
```

Mot clé

Dans une forme itérative « **bottom-up** », on résout d'abord les sous-problèmes de « petite taille », puis ceux de la taille intermédiaire... jusqu'à la taille voulue. On stocke les résultats partiels dans un tableau ou un dictionnaire comme dans la mémoïsation.

- Les performances sont semblables à celles de la fonction mémoïsée, une exécution en temps linéaire, proportionnel à n, et une occupation mémoire de taille n.

Programmation dynamique et alignement de séquences

51

☐ OK

I Historique et concepts de la programmation dynamique

● La « programmation dynamique », DP, reprend l'approche inductive de DR qui résout un problème à partir de la résolution de problèmes de taille inférieure. L'approche DP permet la réutilisation de sous-problèmes sans refaire les calculs, tandis que dans l'approche DR, comme le tri fusion, les sous-problèmes sont indépendants.

● De nombreux problèmes classiques relèvent de l'approche DP, comme la recherche de la plus longue sous-séquence commune à deux séquences, le problème du sac à dos ou celui de l'alignement des séquences.

II L'alignement des séquences

1 Notion de séquence

● Une **séquence** est une **suite finie de symboles** dans un alphabet, par exemple une suite de chiffres (entre 0 et 9) ou de lettres (entre a et z). Les chaînes `"CTTGGG"` et `"TCGAA"` sont des séquences sur l'alphabet `A,C,G,T` souvent utilisé en *bio-informatique*. La chaîne `"00110101"` est une séquence sur l'alphabet `0,1`.

● Une **sous-séquence** est une suite de lettres, non nécessairement contiguës, d'une séquence, qui en respecte l'ordre. Les chaînes `uir` et `unr` sont ainsi des sous-séquences de `butiner`. On note |`w`| la **longueur** de la séquence `w`.

2 Présentation du problème

● Le problème de l'alignement des séquences est important pour explorer la similarité de codes génétiques ou dans les moteurs de recherche.

● Pour représenter tous les alignements possibles, on introduit un espace désigné sous le nom de *gap* et noté ~. Voici deux alignements possibles pour les chaînes `ocurrance` et `occurrence` :

Alignements	Chaîne 1	Chaîne 2	Erreurs	Gaps	Correspondances
Alignement 1	O~CURRANCE	OCCURRENCE	1	1	8
Alignement 2	O~CURR~ANCE	OCCURRE~NCE	0	3	8

3 Scores et définitions

- Dans cet exemple, attribuons des scores en fonction de la qualité de l'alignement. Nous choisissons de compter 6 points en cas de correspondance des lettres, –3 points pour un alignement entre le *gap* et n'importe quelle lettre et –1 point pour un mauvais alignement (entre deux lettres différentes).

Le score de similarité est alors pour Alignement 1 : $8 \times 6 - 3 - 1 = 44$ et pour Alignement 2 : $8 \times 6 - 3 \times 3 = 39$.

- De manière générale, on définit une fonction de similarité `p` entre couples de lettres par : `p(a,a) = m`, `p(a,b) = k` si `a ≠ b` et `p(a,~) = g` où `m, k et g sont des entiers`. Ici on a pris `m = 6`, `k = -1` et `g = -3`.

- On appelle alignement de `x` et `y`, un couple de mots `x'` et `y'` sur l'alphabet de départ augmenté du caractère spécial ~ vérifiant `|x'| = |y'|` et tel que la suppression de ~ dans `x'` donne `x` et la suppression de ~ dans `y'` donne `y`, et tel que les *gaps* ~ ne se retrouvent pas alignés dans `x'` et `y'`.

- On se donne une fonction de similarité `p` et on définit le score d'un alignement par :

$$\text{score}(x', y') = \sum_{i=1}^{n} p(x'_i, y'_i)$$

où n est la longueur commune à `x'` et `y'` et les x'_i et y'_i sont les lettres de `x'` et `y'`.

4 Recherche du meilleur score

- Remarquons que si on part de 2 mots `x` et `y`, et qu'on ajoute la lettre `a` à `x` et la lettre `b` à `y`, le meilleur alignement de `xa` et `yb` peut s'obtenir de 3 façons possibles : en alignant `a` et `b`, en alignant `xa` et `y` en plaçant un *gap* face à `b` ou en alignant `x` et `yb` en plaçant un *gap* face à `a`.

- On note `mas(x,y,i,j)` le score du meilleur alignement entre $x = x_1x_2x_3\ldots x_i$ et $y = y_1y_2y_3\ldots y_j$ et `p` la fonction de similarité.

Par convention, on pose `mas(x,y,0,j) = g*j` où `g`, un entier négatif, est le score attaché à un *gap* (cette colonne `j` correspond donc dans ce cas à l'une des séquences composée uniquement de *gaps*) et de même on prend `mas(x,y,i,0) = g*i`.

- Notre induction traduit cette triple alternative :

```
mas(x,y,i,j) = max(mas(x,y,i-1,j-1) + p(xi,yj),
mas(x,y,i-1,j) + g, mas(x,y,i,j-1) + g)
```

- Le calcul de `mas` est au minimum en $O(nm)$, en raison de la double boucle sur `i` et `j`. L'occupation mémoire est aussi en $O(nm)$.

Recherche de motifs dans des chaînes de caractères

52

☐ OK

I Le problème

- On part d'une séquence S dans laquelle on cherche un motif M. La longueur de M est souvent très petite devant celle de S. On souhaite trouver toutes les occurrences de M dans S.
- Ce problème correspond par exemple à la recherche qu'on peut faire dans un document bureautique ou une page web, mais aussi à la recherche d'un motif donné dans une séquence génomique. Par exemple, si on cherche le motif `M = 'GACA'` dans la chaine `S = 'GCCGACTGACACCAGACATCG'`, on le trouve 2 fois (en positions 7 et 14, en numérotant 0 le premier caractère d'une chaîne).
- M et S sont stockés sous forme de chaînes de caractères ou de tableaux et on considère que l'accès à un caractère par son indice se fait en $O(1)$, c'est-à-dire est en temps constant.

II L'approche « naïve »

1 En utilisant les fonctions natives de Python

- On peut tout d'abord utiliser simplement les facilités de Python : `'fait' in 'il fait beau'` renvoie `True` mais ne donne pas les positions ni le nombre d'occurrences trouvées. Il est également difficile d'en évaluer la complexité algorithmique à moins d'aller voir le détail de l'implémentation Python.

2 Méthode « naïve » de référence

Écrivons cette méthode naïve avec une boucle `for` et une boucle `while` :

```
def recherche_naive(S, M):
    n = len(S)
    m = len(M)
    # À partir de l'indice n-m+1
    # il n'y a plus la place pour M.
    for i in range(n-m+1):
        j = 0
        while j < m and S[i+j] == M[j]:
            j += 1
            if j == m:
                print("%s trouvé à la position %i
" %(M , i))
```

3 Complexité algorithmique de la recherche naïve

- Pour la complexité, le meilleur cas correspond à la situation où on trouve d'emblée que la première lettre du motif `M` n'est jamais dans `S` ce qui arrive lorsque, pour tout `0 ≤ i ≤ n-m+1`, `S[i] != M[0]`. Dans ce cas, on ne rentre pas dans la boucle `while` et la complexité est en $n - m$. On notera : `recherche_naïve` = $\Omega(n - m)$, ce qui signifie que `recherche_naïve` « domine » la fonction $f(n) = n - m$ pour de grandes valeurs de n.
- Le pire des cas se présente si on est amené à parcourir les deux boucles dans leur intégralité comme par exemple si `M` se répète dans `S` comme `M = 'BOA'` dans `S = 'BOABOABOABOABOABOABOA'`. Dans ce cas la complexité est en $O((n - m)m)$.

III Une approche plus élaborée : Boyer-Moore

- L'idée est d'améliorer la recherche en utilisant deux heuristiques dont nous détaillons la première, dite du « mauvais caractère ».

Mot clé

Du grec ancien ε'υρ'ισκω, eurisko, « je trouve », une **heuristique** en informatique est une méthode de calcul efficace (en termes de complexité algorithmique) mais pas nécessairement optimale ou exacte (parfois solution approchée).

- L'algorithme est aussi à fenêtre glissante comme dans la recherche naïve mais la comparaison du motif avec la chaîne, soit `M[0:m]` avec `S[i:i+m]`, se fait de droite à gauche, en commençant par la fin !
- Par exemple, dans la recherche suivante de `M` dans `S` :

```
S → VOICI UN SIMPLE EXEMPLE  → VOICI UN SIMPLE EXEMPLE
M → EXEMPLE                  →  + 7 CAR.  EXEMPLE
```

On voit que E et U ne correspondent pas ! Et comme U n'apparaît pas du tout dans le motif, nous pouvons faire glisser le motif vers la droite de sa propre longueur (ici |M| = 7) en étant sûr de ne manquer aucune correspondance.

Dans tous les cas, on peut lire dans la « Table du mauvais caractère » (voir cartes mentales) qui indique pour chaque lettre de l'alphabet sa position la plus à gauche dans le motif, le nombre de positions dont on doit incrémenter l'index i de S.

Quiz EXPRESS 53

Avez-vous bien révisé les fiches 50 à 52 ? On vérifie !

1 Vers la programmation dynamique

▶ FICHE 50

1. On définit la fonction f ci-dessous.

```
def f(n):
    print("appel f(%i)" % n)
    return n if n <= 1 else f(n - 1) + f(n - 2)
```

Si on appelle f(5), combien de fois le mot « appel » sera-t-il affiché ?

☐ **a.** 12 ☐ **b.** 15 ☐ **c.** 18

2. L'approche « diviser pour régner » et celle de la programmation dynamique peuvent faire appel à une induction.

☐ **a.** Faux ☐ **b.** Vrai

2 Programmation dynamique et alignement de séquences

▶ FICHE 51

Quels algorithmes parmi les suivants relèvent de la programmation dynamique ?

☐ **a.** L'alignement de séquences

☐ **b.** La recherche d'une sous-séquence maximale

☐ **c.** L'algorithme des *k* plus proches voisins

☐ **d.** Le problème du sac à dos

3 Recherche de motifs dans des chaînes de caractères

▶ FICHE 52

1. La complexité de la recherche naïve d'un motif M de taille m dans un texte de taille n est dans le pire des cas en :

☐ **a.** $O(n)$ ☐ **b.** $O(n^{2m})$ ☐ **c.** $O((n-m)m)$

2. Une heuristique est un algorithme qui donne une solution exacte à un problème mais plus rapidement.

☐ **a.** Faux ☐ **b.** Vrai

CORRIGÉS

1 Vers la programmation dynamique

1. Réponse b. Il suffit par exemple de dessiner l'arbre des appels ▶ FICHE 50. Une fonction de n permet d'afficher ce nombre d'appels ▶ FICHE 3 :

```
def T(n):
    return n if n < 2 else T(n - 1) + T(n - 2) + 1
```

2. Réponse b. Vrai, dans les deux cas on peut utiliser une induction pour exprimer le cas au rang *n* en fonction des résultats pour des rangs inférieurs. L'approche DP complète l'approche DR en évitant des appels redondants et une utilisation inutile de la récursivité.

2 Programmation dynamique et alignement de séquences

Réponses a, b et d. L'alignement de séquences, la recherche d'une sous-séquence maximale et le problème du sac à dos relèvent de la programmation dynamique, tandis que la recherche des *k* plus proches voisins est un algorithme glouton.
▶ FICHES BAC NSI 1re, FICHES 43 ET 44

3 Recherche de motifs dans des chaînes de caractères

1. Réponse c. Le pire des cas est celui où l'on parcourt les deux boucles en intégralité, soit une complexité en $O((n - m)m)$.

À noter

La complexité de la recherche naïve d'un motif `M` dans un texte `S` est la plus faible quand le motif `M` est composé de caractères n'apparaissant pas dans `S`. En effet, si `M` se répète dans `S`, on va rentrer dans toutes les boucles `while` de l'algorithme, alors que si les caractères de `M` n'apparaissent jamais dans `S`, on ne rentrera pas dans la boucle `while` la plus interne.

2. Réponse b. Faux, une heuristique propose une solution approchée simplifiée à un problème.

À noter

Pour une démonstration de l'heuristique du mauvais caractère, consultez la page https://roza.github.io/boyer-moore-demo/

Achevé d'imprimer en Espagne par Grafo à Basauri
Dépôt légal: n° 10472-3/01 - Novembre 2023

PAPIER CERTIFIÉ
L'engage pour l'environnement en réduisant l'empreinte carbone de ses livres. Celle de cet exemplaire est de : 550 g éq. CO_2 Rendez-vous sur www.hatier-durable.fr